La Dimension fantastique - 3

La Dimension fantastique

La Dimension fantastique - 1, Librio n° 150
La Dimension fantastique - 2, Librio n° 234
La Dimension fantastique - 4, Librio n° 851

Les Cent ans de Dracula, Librio n° 160
Un Bouquet de fantômes, Librio n° 362
Gare au garou !, Librio n°372
Fées, sorcières, diablesses, Librio n° 544
Grand Librio Les Dimensions fantastiques, Librio n° 968

La Dimension fantastique - 3

Dix nouvelles de Gustave Flaubert à Alexandro Jodorowsky

présentées par Barbara Sadoul

Librio

Texte intégral

INTRODUCTION

Les différents types de fantastique ont été passés en revue dans le premier volume de cette série *La dimension fantastique* (Librio n° 150) et nous renvoyons ses lecteurs à cette introduction. A l'aube de l'an 2000, le genre ne s'est pas sclérosé, certains auteurs l'ont rajeuni et de nouvelles tendances sont apparues. Le Thriller surnaturel et la Fantasy ont permis d'assister à une véritable renaissance. Si la faveur du public nous permet de publier *La dimension fantastique 4*, nous y aborderons ce dernier sous-genre. Quant au Thriller surnaturel, il est plus connu puisqu'il a récemment obtenu un formidable succès télévisuel avec les *X-Files* (*Aux frontières du réel* en France). Dans cette série, deux agents du F.B.I., dont une femme médecin rationaliste, sont confrontés à des événements qui ne peuvent recevoir qu'une explication surnaturelle. En littérature, c'est toute une nouvelle génération d'auteurs qui s'est révélée au cours des dix dernières années, mêlant fantastique et horreur.

Parmi les personnages mythiques les plus représentatifs de cette littérature de l'imaginaire, on retrouve le vampire. Le concept vampirique a été ainsi revisité et renouvelé par Anne Rice. A l'inverse de Bram Stoker, cet auteur choisit de donner la parole au vampire et ce sont les confessions de Louis que le lecteur reçoit dans *Entretien avec un vampire* avant de découvrir celles de Lestat dans le volume suivant, *Lestat le vampire.* Les termes de « mort » et de « victime » n'ont plus cours. Le cœur du futur vampire bat à l'unisson avec celui de son initiateur avant de débuter dans cette nouvelle vie. A la limite, ces personnages apparaissent plus surhumains qu'inhumains, leurs sentiments et leurs sensations étant décuplés. Si Lestat, dans *Le Voleur de corps,* décide de « retomber dans le temps » en échangeant son corps avec celui d'un mortel, il se sent très vite enfermé dans une enveloppe humaine qui ne lui convient plus. Il demeure Lestat le Vampire. Un système de valeurs différent régit les actes de ce personnage. Cependant le lecteur apprend ce que ressent un tel être quand il est obligé de se nourrir d'autrui pour survivre. Certains vampires sont doués de télépathie et peuvent s'ils le veulent ne se repaître que de criminels humains. Un auteur tel que Suzy McKee Charnas n'offre pas à son héros, le professeur Weyland (*Un vampire ordinaire*), cette faculté dédramatisante. Il reste un prédateur solitaire qui ne peut engendrer d'autres vampires et ne doit pas s'attacher aux humains qui l'entourent sous peine de menacer son statut. Quand sa condition devient trop insoutenable, il se réfugie dans un sommeil réparateur qui peut durer plusieurs décennies : c'est un voyageur dans le temps qui va toujours de l'avant par grands bonds. Myriam, l'héroïne de Whitley Strieber dans *Les Prédateurs*, ne choisit pas cette voie, elle désire se créer des compagnons. Mais son sang ne transmet que temporairement une partie de son essence. Les humains transformés subissent tous des dégénérescences telles qu'ils ne sont plus que des créatures rampantes, avides de sang. L'amour d'un vampire se révèle souvent destructeur (*Le Journal d'Edwin Underhill* de Peter Tonkin). Anne Rice et S. P. Somtow conservent au vampire sa beauté et préfèrent lui donner parfois pour handicap l'impossibilité d'atteindre l'apparence d'un adulte. Pendant longtemps les écrivains n'ont pas mis en scène des enfants-monstres afin de ne pas offrir une image pervertie de la jeunesse, il en va différemment aujourd'hui. Claudia (*Entretien avec un vampire*), vampirisée à l'âge de cinq ans, deviendra femme dans un corps de fillette. De même Timmy Valentine, le héros de *Vampire Junction*, aura toujours l'apparence d'un garçon de douze ans et il se tournera vers un psychanalyste pour comprendre « le fardeau de l'éternité ».

Le vampire a bien souvent l'éternité devant lui à combler, le temps s'y étire interminablement. Poppy Z. Brite, dans son roman de 1992, *Âmes perdues*, pose cette question : « Quel effet ça ferait de savoir qu'on n'allait plus vieillir, qu'on n'allait plus *changer* (...) » et que l'on retrouverait « chaque jour dans son miroir un visage inchangé, vierge des chagrins et des joies de la vie » ? L'auteur compare alors le vampire à une statue immuable. Xavier Legrand-Ferronnière explique que « dans un monde où l'existence de Dieu est très problématique, le vampire représente peut-être la forme de vie la plus élevée, voire la plus morale » (« Modernisme du vampire »). Mais lorsque l'humanité découvre qu'une « race » parallèle à la nôtre vit à ses côtés, on peut parler avec Francis Berthelot de la « perte de la conception anthropocentrique de l'univers » (*La Métamorphose généralisée*). Plus proche de nous, l'héroïne Sonja Blue, de *La Volupté du sang* de Nancy A. Collins, est un être d'exception car elle n'est jamais morte – le sang qui lui a été transfusé durant son hospitalisation a dilué le virus vampirique. Son cerveau n'a par suite jamais cessé de fonctionner et elle n'a pas subi de processus de dépersonnalisation. Reniée par son vrai père et abandonnée par son géniteur vampire (telle Carmilla dans *Rouge Flamenco* de Jeanne Faivre d'Arcier), elle acquiert la force de comprendre et d'assumer sa nouvelle identité pour devenir un redoutable chasseur de vampires. On constate conjointement que les ouvrages dits d'épouvante se rapprochent de l'univers de la science-fiction : les vampires de Nancy A. Collins sont présentés comme une espèce existant depuis des millénaires. On les nomme les Faux-semblants. Dans la présente anthologie, on trouvera un court texte de Fredric Brown qui allie S.-F., humour et vampirisme.

La littérature dite d'horreur avait déjà été à l'honneur aux siècles passés mais ne recevait pas cette dénomination. Les exemples se sont multipliés au XIXe siècle (romans populaires et gothiques) et, plus tard, dans les années 1930, avec les auteurs de pulps qui se sont adonnés à une véritable esthétique de l'horrible. Les romanciers du siècle précédent accumulèrent les scènes de meurtres, de tortures, de sadisme, de folie... Les êtres surnaturels (fantômes, vampires, incubes) n'avaient rien à envier aux monstres psychologiques. L'horreur atteignit des sommets avec le *Melmoth* de Maturin et « Le Masque de la mort rouge » de Poe. Puis, au début du siècle, la diffusion d'une littérature accessible à tous sans censure permit à des écrivains tels que H. P. Lovecraft, Robert E. Howard et Seabury Quinn de donner libre cours à leur imagination. De 1927 à sa mort, Lovecraft se consacra à l'étude de ce type de surnaturel. Son essai, *Épouvante et surnaturel en littérature,* sortit en librairie de façon posthume en 1939. L'écrivain expliquait que le critère final d'authenticité dans un récit d'horreur était la création d'une sensation donnée, inquiétude, terreur, etc.

Après une période difficile à la fin des années 1960, le fantastique puis l'épouvante reconquièrent rapidement le public. Stephen King, Anne Rice, Peter Straub, Clive Barker et Ramsey Campbell rajeunissent les créatures surnaturelles et font de l'*horror* un genre majeur. Dans les années 1980-1990, l'horreur psychologique (parfois incarnée par le tueur en série) et l'horreur surnaturelle se trouvent souvent réunies chez un même personnage. A ce nouveau fantastique se mêlent des éléments *gore*. Ce terme anglais, qui renvoie aux détails sanglants, est issu d'un cinéma où des torrents d'hémoglobine sont régulièrement versés [*Blood Feast* (1963) et *Two Thousand Maniacs !* (1964) de Herschell Gordon Lewis] : heurter la sensibilité du spectateur étant le but recherché par le réalisateur. Cet objectif rejoint finalement la définition de *The Encyclopedia of Science-Fiction* (Clute, J. ; Nicholls, P.) où l'horreur est présentée comme « un genre défini non par son contenu mais par son effet présumé ».

Barbara SADOUL

Gustave FLAUBERT

RÊVE D'ENFER

> C'est souvent avoir une très fausse opinion de l'esprit d'autrui que de ne point le nourrir de fadaises.
>
> LA BRUYÈRE

I

La terre dormait d'un sommeil léthargique, point de bruit à sa surface, et l'on n'entendait que les eaux de l'océan qui se brisaient en écumant sur les rochers. La chouette faisait entendre son cri dans les cyprès, le lézard baveux se traînait sur les tombes, et le vautour venait s'abattre sur les ossements pourris du champ de bataille.

Une pluie lourde et abondante obscurcissait la lumière douteuse de la lune, sur laquelle roulaient, roulaient et roulaient encore les nuages gris qui passaient sur l'azur.

Le vent de la tempête agitait les vagues et faisait trembler les feuilles de la forêt ; il sifflait dans les airs tantôt fort, tantôt faible, comme un cri aigu domine les murmures.

Et une voix sortit de la terre et dit :

– Fini le monde ! que ce soit aujourd'hui sa dernière heure !

– Non, non, il faut que toutes les heures sonnent.

– Hâte-les, dit la première voix. Extermine l'homme dans un septième chaos et ne crée pas d'autres mondes.

– Il y en a encore un, supérieur à celui-ci.

– Tu veux dire plus misérable, répondit la voix de la terre. Oh ! finis, pour le bien de tes créatures ; puisque tu as manqué jusqu'à présent toutes tes œuvres, au moins ne fais rien désormais.

– Si, si, répondit la voix du ciel, les autres hommes se sont plaints de leur faiblesse et de leurs passions ; celui-là sera fort et sans passions. Quant à son âme...

Ici la voix de la terre se mit à rire d'un rire éclatant, qui remplit l'abîme de son immense dédain.

II

Le duc Arthur d'Almaroës était alchimiste, ou du moins il passait pour tel, quoique ses valets eussent remarqué qu'il travaillait rarement, que ses fourneaux étaient toujours cendre et jamais brasier, que ses livres entrouverts ne changeaient jamais de feuillet ; néanmoins il restait des jours, des nuits et des mois entiers sans sortir de son laboratoire, plongé dans de profondes méditations, comme un homme qui travaille, qui médite. On croyait qu'il cherchait l'or, l'élixir de longue vie, la pierre philosophale. C'était donc un homme bien froid au-dehors, bien trompeur d'apparence : jamais sur ses lèvres ni un sourire de bonheur ni un mot d'angoisse, jamais de cris à sa bouche, point de nuits fiévreuses et ardentes comme en ont les hommes qui rêvent quelque chose de grand ; on eût dit, à le voir ainsi sérieux et froid, un automate qui pensait comme un homme.

Le peuple (car il faut le citer partout, lui qui est devenu maintenant le plus fort des pouvoirs et la plus sainte des choses, deux mots qui semblent incompatibles si ce n'est à Dieu : la sainteté et la puissance), le peuple donc était persuadé que c'était un sorcier, un démon, Satan incarné. C'était lui qui riait, le soir, au détour du cimetière, qui se traînait lentement sur la falaise en poussant des cris de hibou ; c'était lui que l'on voyait danser dans les champs avec les feux follets ; c'était lui dont on voyait, pendant les nuits d'hiver, la figure sombre et lugubre planant sur le vieux donjon féodal, comme une vieille légende de sang sur les ruines d'une tombe.

Souvent, le soir, lorsque les paysans assis devant leurs portes se reposaient de leur journée en chantant quelque vieux chant du pays, quelque vieil air national que les vieillards avaient appris de leurs grands-pères et qu'ils avaient transmis à leurs enfants, qu'on leur avait appris dans leur jeunesse et que jeunes ils avaient chanté sur le haut de la montagne où ils menaient paître leurs chèvres, alors, à cette heure de repos où la lune commence à paraître, où la chauve-souris voltige autour du clocher de son vol inégal, où le corbeau s'abat sur la grève, aux pâles rayons d'un soleil qui se meurt, à ce moment, dis-je, on voyait paraître quelquefois le duc Arthur.

Et puis on se taisait quand on entendait le bruit de ses pas, les enfants se pressaient sur leurs mères et les hommes le regardaient avec étonnement ; on était effrayé de ce regard de plomb, de ce froid sourire, de cette pâle figure, et si quelqu'un effleurait ses mains, il les trouvait glaciales comme la peau d'un reptile.

Il passait vite au milieu des paysans silencieux à son approche, disparaissait promptement et se perdait à la vue, rapide comme une gazelle, subtil comme un rêve fantastique, comme une ombre, et peu à peu le bruit de ses pas sur la poussière diminuait et aucune trace de son passage ne restait derrière lui, si ce n'est la crainte et la terreur, comme la pâleur après l'orage.

Si quelqu'un eût été assez hardi pour le suivre dans sa course ailée, pour regarder où tendait cette course, il l'eût vu rentrer dans le vieux donjon en ruines, autour duquel nul n'osait approcher le soir, car on entendait des bruits étranges qui se perdaient dans les meurtrières des tours, et, la nuit, il s'y promenait régulièrement un grand fantôme noir, qui étendait ses larges bras vers les nues et qui de ses mains osseuses faisait trembler les pierres du château, avec un bruit de chaînes et le râle d'un mourant.

Eh bien, cet homme qui paraissait si infernal et si terrible, qui semblait être un enfant de l'enfer, la pensée d'un démon, l'œuvre d'un alchimiste damné, lui dont les lèvres gercées semblaient ne se dilater qu'au toucher frais du sang, lui dont les dents blanches exhalaient une odeur de chair humaine, eh bien, cet être infernal, ce vampire funeste n'était qu'un esprit pur et intact, froid et parfait, infini et régulier, comme une statue de marbre qui penserait, qui agirait, qui aurait une volonté, une puissance, une âme, enfin, mais dont le sang ne battrait point chaleureusement dans les veines, qui comprendrait sans sentir, qui aurait un bras sans une pensée, des yeux sans passion, un cœur sans amour.

Arrière aussi tout besoin de la vie, toute réalité matérielle ! tout pour la pensée, pour l'extase, mais une extase vague et indéfinie, qui se baigne dans les nuages, qui se mire dans la lune et qui tient de l'instinct et de la constitution, comme le parfum à la fleur.

Sa tête était belle, son regard était beau, ses cheveux étaient longs et s'ondulaient merveilleusement sur ses épaules en longs flots d'azur, lorsqu'il se penchait et se repliait lui-même sur son dos aux formes allongées, et dont la peau argentée d'un reflet de neige était douce comme le satin, blanche comme la lune.

Les autres créatures avaient eu avant lui des passions, un corps, une âme, et ils avaient agi tous pêle-mêle dans un tourbillon quelconque, se ruant les uns sur les autres, se poussant, se traînant ; il y en avait eu d'élevés, d'autres de foulés aux pieds ; tous les autres hommes enfin s'étaient pressés, entassés et remués dans cette immense cohue, dans ce long cri d'angoisse, dans ce prodigieux bourbier qu'on nomme la vie.

Mais lui, lui, esprit céleste, jeté sur la terre comme le dernier mot de la création, être étranger et singulier, arrivé au milieu des hommes sans être homme comme eux, ayant leur corps à volonté, leurs formes, leur parole, leur regard, mais d'une nature supérieure, d'un cœur plus élevé et qui ne demandait que des passions pour se nourrir, et qui, les cherchant sur la terre d'après son instinct, n'avait trouvé que des hommes, que venait-il donc faire ? il était rétréci, usé, froissé par nos coutumes et par nos instincts.

Aurait-il compris nos plaisirs charnels, lui qui n'avait de la chair que l'apparence ? les chauds embrassements d'une femme, ses bras humides de sueur, ses larmes d'amour, sa gorge nue, tout cela l'aurait-il fait palpiter un matin, lui qui trouvait au fond de son cœur une science infinie, un monde immense ?

Nos pauvres voluptés, notre mesquine poésie, notre encens, toute la terre avec ses joies et ses délices, que lui faisait tout cela, à lui qui avait quelque chose des anges ? Aussi il s'ennuyait sur cette terre, mais de cet ennui qui ronge comme un cancer, qui vous brûle, qui vous déchire, et qui finit chez l'homme par le suicide. Mais lui ! le suicide ? Oh ! que de fois on le surprit, monté sur la haute falaise, regardant d'un rire amer la mort qui était là devant, lui riant en face et le narguant avec le vide de l'espace qui se refusait à l'engloutir !

Que de fois il contempla longtemps la gueule d'un pistolet, et puis, comme il le jetait avec rage, ne pouvant s'en servir, car il était condamné à vivre ! Oh ! que de fois il passa des nuits entières à se promener dans les bois, à entendre le bruit des flots sur la plage, à sentir l'odeur des varechs qui noircissent les rochers ! Que de nuits il passa appuyé sur un roc et promenant dans l'immensité sa pensée qui volait vers les nues !

Mais toute cette nature, la mer, les bois, le ciel, tout cela était petit et misérable ; les fleurs ne sentaient rien sur ses lèvres ; nue, la femme était pour lui sans beauté, le chant sans mélodie, la mer sans terreur.

Il n'avait point assez d'air pour sa poitrine, point assez de lumière pour ses yeux et d'amour pour son cœur.

L'ambition ? un trône ? de la gloire ? jamais il n'y pensa. La science ? les temps passés ? mais il savait l'avenir, et dans cet avenir il n'avait trouvé qu'une chose qui le faisait sourire de temps en temps, en passant devant un cimetière.

Aurait-il craint Dieu, lui qui se sentait presque son égal et qui savait qu'un jour viendrait aussi, où le néant emporterait ce Dieu comme ce Dieu l'emportera un jour. L'aurait-il aimé, lui qui avait passé tant de siècles à le maudire ?

Pauvre cœur ! comme tu souffrais, gêné, déplacé de ta sphère et rétréci dans un monde comme l'âme dans le corps.

Souvent un instinct moqueur de lui-même lui portait une coupe à ses lèvres, le vin les effleurait sans qu'un sourire vînt les dilater, et puis il s'apercevait qu'il avait fait quelque chose de fade et d'inutile ; il prenait une rose et la retirait bien vite comme une épine. Un jour il voulut être musicien, il avait une idée sublime, étrange, fantastique, que n'auraient peut-être pas comprise les hommes, mais pour laquelle se serait damné

Mozart, une idée de génie, une idée d'enfer, quelque chose qui rend malade, qui irrite et qui tue. Il commença, la foule éperdue trépignait, et criait d'enthousiasme, puis, muette et tremblante, elle se prosterna sur le pavé des dalles et écouta. Des sons purs et plaintifs s'élevaient dans la nef et se perdaient sous les voûtes, c'était sublime ; ce n'était qu'un prélude. Il voulut continuer, mais il brisa l'orgue entre ses mains.

Rien pour lui désormais ! tout était vide et creux ; rien, qu'un immense ennui, qu'une terrible solitude, et puis des siècles encore à vivre, à maudire l'existence, lui qui n'avait pourtant ni besoins, ni passions, ni désirs ! Mais il avait le désespoir !

III

Il se résigna, et sa nature supérieure lui en donna les moyens ; il alla vivre seul et isolé dans un village d'Allemagne, loin du séjour des hommes qui lui étaient à charge.

Un château en ruines, situé sur une haute colline, lui parut un séjour conforme à sa pensée, et dès le soir il l'habita.

Il vivait donc ainsi seul, sans suite, sans équipages, presque sans valets, et renfermé en lui-même, bornant sa société à lui-même ; son nom n'en acquérait ainsi chaque jour qu'une existence de plus en plus problématique ; les gens qui le servaient ignoraient le son de sa voix, ils ne connaissaient de son regard qu'un œil terne et à demi fermé qui se tournait froidement sur eux en les faisant frémir ; du reste, ils étaient entièrement libres, c'est-à-dire que leur maître ne leur faisait aucun reproche, à peine s'il leur donnait des ordres.

Le château qu'habitait le comte avait pris à la longue quelque chose de la tristesse de ses hôtes ; les murailles noircies, les pierres sans ciment, les ronces qui l'entouraient, cet aspect silencieux qui planait sur ses tours, tout cela avait quelque chose de féerique et d'étrange. C'était pire au-dedans : de longs corridors obscurs, des portes qui claquaient la nuit violemment et qui tremblaient dans leur châssis, des fenêtres hautes et étroites, des lambris enfumés, et puis de place en place, dans les galeries, quelque ornement antique, l'armure d'un ancien baron, le portrait en pied d'une princesse, un bois de cerf, un couteau de chasse, un poignard rouillé, et souvent, dans quelques recoins sans lumière, des décombres, des plâtras qui tombaient du plafond du vieux salon lorsque le vent, par quelque soirée d'hiver, s'entonnait dans les longues galeries avec plus de fureur que de coutume, avec des mugissements plus prolongés.

Le concierge (c'était un vieillard aussi décrépi que le château) faisait sa tournée tous les jours dans l'après-midi ; il commençait par le grand escalier de pierre dont la rampe était ôtée depuis que le dernier possesseur l'avait vendue pour un arpent de terre ; il le montait lentement, et, arrivé dans la galerie principale, il ouvrait toutes les chambres, toutes portant leurs anciens numéros, toutes vides et délabrées, après avoir eu pourtant leur destination et leur emploi. Là, c'était le vieux salon, immense appartement carré dont on distinguait encore quelques lambeaux du velours cramoisi qui, dans le dernier siècle, en avait fait le somptueux ornement, la fraîche beauté ; d'abord, ce fut la salle du plaid, puis la chapelle, puis le salon. Alors il était encombré par une centaine de bottes de foin, déposées en cet endroit depuis vingt ans environ, et qui se pourrissaient à la pluie qui pénétrait facilement par les carreaux, chassée par le vent du soir ; le reste du salon était occupé par des vieux fauteuils, des harnais usés, quelques selles mangées par les vers et une grande quantité de fagots et de bois sec. Le concierge ne l'ouvrait jamais, si ce n'est pour y pousser quelque chose de vieux et de cassé, qu'il jetait négligemment et qui allait tomber sur un vieux tableau, sur une statue de jardin ou sur les fauteuils dépaillés. Il reprenait sa course lente et paisible au milieu du corridor et faisait retentir du bruit de ses souliers ferrés les larges dalles de pierre, qui en gardaient l'empreinte ; puis il revenait sur ses pas, regardant les nids d'hirondelles, s'établissant de jour en jour dans le château, comme dans leur domaine, et qui volaient et repassaient par les fenêtres du corridor dont toutes les vitres étaient étendues par terre, cassées et pêle-mêle, avec leurs encadrements en lames de plomb.

De grands peupliers bordaient le château ; ils se courbaient souvent au souffle de l'océan, dont le bruit des vagues se mêlait à celui de leurs feuilles, et dont l'air âpre et dur avait brûlé l'écorce. Une percée pratiquée dans le feuillage laissait voir, des plus hautes fenêtres, la mer qui s'étendait immense et terrible, devant ce château sinistre qui n'en semblait qu'un lugubre apanage.

Là, c'était le pont-levis, maintenant on y passe sur une terrasse ; ici les créneaux, mais ils tremblent sous la main, et au moindre choc les pierres tombent ; plus haut, le donjon, jamais le concierge n'y alla, car il l'avait abandonné, ainsi que les étages supérieurs, aux chauves-souris et aux hiboux qui voltigeaient le soir sur les toits, avec leurs cris lugubres et leurs longs battements d'ailes.

Les murs du château étaient lézardés et couverts de mousse, il y avait à leur contact quelque chose d'humide et de gras, qui pressait sur la poitrine et qui faisait frissonner ; on eût dit la trace gluante d'un reptile.

C'était là qu'il vivait. Il aimait les longues voûtes prolongées, où l'on n'entendait que les oiseaux de nuit et le vent de la mer ; il aimait ces débris soutenus par le lierre, ces sombres corridors et toute cette apparence de mort et de ruine ; lui, qui était tombé de si haut pour descendre si bas, il aimait quelque chose de tombé aussi ; lui, qui était désillusionné, il voulait des ruines, il avait trouvé le néant dans l'éternité, il voulait la destruction dans le temps. Il était seul au milieu des hommes ! il voulut s'en écarter tout à fait et vivre au moins de cette vie qui pouvait ressembler à ce qu'il rêvait, à ce qu'il aurait dû être.

IV

Le duc Arthur était assis dans un large fauteuil en maroquin noir, le coude appuyé sur sa table, la tête dans ses mains. La chambre qu'il habitait était grande et spacieuse, son plafond noirci par la fumée du charbon ; quant aux lambris, ils étaient cachés par une immense quantité de pots de terre, d'alambics, de vases, d'équerres et d'instruments rangés sur des tablettes.

Dans un coin était le fourneau, avec le creuset pour les magiques opérations ; puis, çà et là, sur des cendres encore chaudes, quelques livres entrouverts, dont quelques feuillets étaient arrachés à moitié et qui semblaient avoir été touchés par une main fiévreuse et brûlante, parcourus avec un regard avide et qui n'y avait rien lu.

Aucune lumière n'éclairait l'appartement, et quelques charbons qui se mouraient dans le fourneau jetaient seuls quelque lueur au plafond en décrivant un cercle lumineux et vacillant.

L'alchimiste restait depuis longtemps dans son immobile position : enfin il se leva, alla vers son creuset et le considéra quelque temps. La lueur rougeâtre des charbons illumina tout d'un coup son visage en le colorant d'un éclat fantastique. C'était bien là un de ces fronts pâles d'alchimistes d'enfer, ses yeux creux et rougis, sa peau blanche et tirée, ses mains maigres et allongées, tout cela indiquait bien les nuits sans sommeil, les rêves brûlants, les pensées du génie.

Et vous croyez que ce sourire d'amertume est un sourire de vanité ? vous croyez que ces joues creuses se sont amaigries sur les livres, que son teint s'est blanchi à la chaleur du charbon, et que celui-là maintenant qui pleurerait de rage si c'était un jeune homme, cherche un nom, une immortalité ? vous croyez que ces livres jetés avec colère, ces feuillets déchirés, et que cette main qui se crispe et qui se déchire, vous croyez qu'il se désespère ainsi pour n'avoir point trouvé une parcelle d'or, un poison qui fait vivre ?

Il allait retourner à sa place quand il aperçut, sur la muraille noircie, des lignes brillantes qui se dessinaient fortement et qui formèrent bientôt un monstre hideux et singulier, semblable à ces animaux que nous voyons sur le portique de nos cathédrales, affamé, les flancs creux, avec une tête de chien, des mamelles qui pendent jusqu'à terre, un poil rouge, des yeux qui flamboient et des ergots de coq.

Il se détacha de la muraille tout à coup et vint sauter sur le fourneau ; on entendit le bruit de ses pattes grêles et fines sur les pavés du creuset.

– Que me veux-tu ? dit-il à Arthur.

– Moi ? rien ! Mais, n'es-tu point l'esprit damné qui perd les hommes, qui torture leur âme ?

– Eh bien, oui, repartit le monstre avec un cri de joie, oui, je suis Satan.

– Que me veux-tu ? que viens-tu faire ici ?

– T'aider.

– Et à quoi ?

– A trouver ce que tu cherches, l'or, l'élixir.

– Vraiment oui ! Tu ne sais donc pas que je peux vivre des mondes, qu'une pensée de ma tête peut faire rouler l'or à mes pieds ? Non, Satan, si tu n'as de pouvoir que sur cela, quitte-moi, fuis, car tu ne peux me servir.

– Non, non, je resterai, dit Satan avec un singulier sourire, je resterai !

La vanité est ma fille aînée, elle me donne les âmes de tous ceux qui la prennent, pensa-t-il en lui-même, j'aurai son âme !

En ce moment, les charbons qui s'éteignaient jetèrent encore quelques nappes de lumière, qui passèrent sur la figure d'Arthur ; elle apparut à Satan plus belle et plus terrible que celle des damnés, et même des plus beaux.

– Tiens, sortons d'ici, lui dit Arthur, le vent agite les arbres, la mer gronde et le rivage est dévasté. Viens ! nous parlerons mieux de l'éternité et du néant au bruit de la tempête, devant la colère de l'océan.

Ils sortirent.

Le chemin qui conduisait au rivage était pierreux et ombragé par les grands arbres noirs qui entouraient le château. Il faisait froid, la terre était sèche et dure ; il faisait sombre, pas une étoile au ciel, pas un rayon de la lune.

Arthur marchait, la tête nue et le visage découvert, il allait lentement, et prenait plaisir à se sentir le visage effleuré par sa chevelure bleue et soyeuse. Il aimait le fracas du vent et le bruit sinistre des arbres qui se penchaient avec violence. Satan était derrière ; il sautillait légèrement sur les pierres, sa tête était baissée et il hurlait plaintivement.

Enfin ils arrivèrent à la plage, le sable en était frais, mouillé, couvert de coquilles et de varechs, qui roulaient vers la mer avec les galets entraînés par le reflux. Ils s'arrêtèrent tous les deux.

Arthur riait sauvagement au bruit des flots.

– Voici ce que j'aime, dit-il, ou plutôt ce que je hais le moins, mais cette colère n'est pas assez brutale, assez divine. Pourquoi le flot s'arrête-t-il et cesse-t-il de monter ? Oh ! si la mer s'étendait au-delà du rivage et des rochers, comme elle irait loin, comme elle courrait, comme elle bondirait ! ce serait plaisir de la voir, mais cela...

– Tu veux donc la mort, dit Satan, la mort dans tout ?

– C'est le néant que j'implore.

– Et pourquoi ? tu crois donc que rien ne subsiste après le corps ? que l'œil fermé ne voit plus et que la tête froide et pâle n'a point de pensée ?

– Oui, je crois cela, pour moi du moins.

– Et que veux-tu enfin ? que désires-tu ?

– Le bonheur !

– Le bonheur ? y penses-tu ? le bonheur !... tu l'auras dans la science, tu l'auras dans la gloire, tu l'auras dans l'amour.

– Oh ! nulle part ! Je l'ai cherché longtemps, je ne l'ai jamais trouvé ; cette science était trop bornée, cette gloire trop étroite, cet amour trop mesquin.

– Tu te crois donc supérieur aux autres hommes ? tu crois que ton âme...

– Oh ! mon âme !... mon âme !...

– Tu n'en as donc pas ? tu ne crois à rien... pas même à Dieu ? Oh ! tu succomberas, homme faible et vaniteux, tu succomberas, car tu as refusé mes offres ; tu succomberas comme le premier homme. Que son regard était fier, comme il était insolent et fort de son bonheur, lorsque, se promenant dans l'Éden, il contemplait d'un œil béant et surpris ma défaite et mes larmes ! et lui aussi je le vis succomber, je le vis ramper à mes pieds, je le vis pleurer comme moi, maudire et blasphémer comme moi ; nos cris de désespoir se mêlèrent ensemble et nous fûmes dès lors des compagnons de torture et de supplice. Oh ! oui, tu tomberas comme lui, tu aimeras quelque chose.

– Et tu me prends donc pour un homme, Satan ? pour un de ces êtres communs et vulgaires qui croupissent sur ce monde où un vent de malheur m'a jeté dans sa démence et où je me meurs faute d'air à respirer, faute de choses à sentir, à comprendre et à aimer ? Tu crois que cette bouche mange, que ces dents broient, que je suis asservi à la vie comme un visage dans un masque ? Si je découvrais cette peau qui me recouvre, tu verrais que moi aussi, Satan, je suis un de ces êtres damnés comme toi, que je suis ton égal et peut-être ton maître. Satan, peux-tu arrêter une vague ? peux-tu pétrir une pierre entre tes mains ?

– Oui.

– Satan, si je voulais, je te broierais aussi entre mes mains. Satan, qu'as-tu qui te rende supérieur à tout ? qu'as-tu ? est-ce ton corps ? mets ta tête au niveau de mon genou et de mon pied, je l'écraserai sur le sol. Qu'as-tu qui fasse ta gloire et ton orgueil, l'orgueil, cette essence des esprits supérieurs ? Qu'as-tu ? réponds !

– Mon âme.

– Et combien de minutes dans l'éternité peux-tu compter où cette âme t'ait donné le bonheur ?

– Cependant, quand je vois les âmes des hommes souffrir comme la mienne, c'est alors une consolation pour mes douleurs, un bonheur pour mon désespoir ; mais toi, qu'as-tu donc de si divin ? est-ce ton âme ?

– Non ! c'est parce que je n'en ai pas.

– Pas d'âme ? eh quoi ! c'est donc un automate vivifié par un éclair de génie ?

– Le génie ! oh ! le génie ! dérision et pitié ! A moi le génie ? ah !

– Pas d'âme ? et qui te l'a dit ?

– Qui me l'a dit ? je l'ai deviné... Écoute, et tu verras. Lorsque je vins sur cette terre, il faisait nuit, une nuit comme celle-ci, froide et terrible. Je me souviens d'avoir été apporté par les vagues sur le rivage... Je me suis levé et j'ai marché. Je me sentais heureux alors, la poitrine libre ; j'avais au fond de moi quelque chose de pur et d'intact, qui me faisait rêver et songer à des idées confuses, vagues, indéterminées, j'avais comme un ressouvenir lointain d'une autre position, d'un état plus tranquille et plus doux ; il me semblait, lorsque je fermais les yeux et que j'écoutais la mer, retourner vers ces régions supérieures où tout était poésie, silence et amour, et je crus avoir continuellement dormi. Ce sommeil était lourd et stupide, mais qu'il était doux et profond ! en effet, je me souviens qu'il fut un instant où tout passait derrière moi et s'évaporait comme un songe. Je revins d'un état d'ivresse et de bonheur pour la vie et pour l'ennui ; peu à peu ces rêves que je croyais retrouver sur la terre disparurent comme ce songe ; ce cœur se rétrécit, et la nature me parut avortée, usée, vieillie, comme un enfant contrefait et bossu qui porte les rides du vieillard. Je tâchai d'imiter les hommes, d'avoir leurs passions, leur intérêt, d'agir comme eux, ce fut en vain, c'est comme l'aigle qui veut se blottir dans le nid du pivert. Alors tout s'assombrit à ma vue, tout ne fut plus qu'un long voile noir, l'existence une longue agonie, et la terre un sépulcre où l'on enterrait tout vif, et puis quand, après bien des siècles, bien des âges, quand, après avoir vu passer devant moi des races d'hommes et des empires, je ne sentis rien palpiter en moi, quand tout fut mort et paralysé à mon esprit, je me dis : « Insensé, qui veux le bonheur et n'as point d'âme ! insensé, qui as l'esprit trop haut, le cœur trop élevé, qui comprends ton néant, qui comprends tout, qui n'aimes rien, qui crois que le corps rend heureux et que la matière donne le bonheur ! Cet esprit, il est vrai, était élevé, ce corps était beau, cette matière était sublime, mais pas d'âme ! pas de croyance ! pas d'espoir ! »

– Et tu te plains ! lui dit Satan, en traînant ses mamelles sur le sable et s'étendant de toute sa longueur, tu te plains ! Heureux, bénis le ciel au contraire, tu mourras ! Tu ne désires rien, Arthur, tu n'aimes rien, tu vis heureux, car tu ressembles à la pierre, tu ressembles au néant. Oh ! de quoi te plains-tu ? qui te chagrine ? qui t'accable ?

– Je m'ennuie.

– Ton corps, pourtant, ne peut-il point te procurer les plaisirs des hommes ?

– Les voluptés humaines, n'est-ce pas ? leurs grands baisers, leurs tièdes étreintes ? Oh ! je n'en ai jamais goûté, je les dédaigne et les méprise.

– Mais une femme ?

– Une femme ? Ah ! je l'étoufferais dans mes bras, je la broierais de mes baisers, je la tuerais de mon haleine. Oh ! je n'ai rien, tu as raison, je ne veux rien, je n'aime rien, je ne désire rien... Et toi, Satan, tu voudrais mon corps, n'est-ce pas ?

– Un corps ? Oh ! oui, quelque chose de palpable, qui sente, qui se voie, car je n'ai qu'une forme, un souffle, une apparence. Oh ! si j'étais un homme, si j'avais sa large poitrine et ses fortes cuisses... aussi je l'envie, je le hais, j'en suis jaloux... Oh ! mais je n'ai que l'âme, l'âme, souffle brûlant et stérile, qui se dévore et se déchire lui-même ; l'âme ! mais je ne peux rien, je ne fais qu'effleurer les baisers, sentir, voir, et je ne peux pas toucher, je ne peux pas prendre ; je n'ai rien, rien, je n'ai que l'âme. Oh ! que de fois je me suis traîné sur les cadavres de jeunes filles encore tièdes et chauds ! que de fois je m'en suis retourné désespéré et blasphémant ! Que ne suis-je la brute, l'animal, le reptile ! au moins il a ses joies, son bonheur, sa famille ; ses désirs sont accomplis, ses passions sont calmées. Tu veux une âme, Arthur ? Une âme ! mais y songes-tu bien ? Veux-tu être comme les hommes ? veux-tu pleurer pour la mort d'une femme, pour une fortune perdue ? veux-tu maigrir de désespoir, tomber des illusions à la réalité ? Une âme ! mais veux-tu les cris de désespoir stupide, la folie, l'idiotisme ? une âme ! tu veux donc croire ? tu t'abaisserais jusqu'à l'espoir ? Une âme ! tu veux donc être un homme, un peu plus qu'un arbre, un peu moins qu'un chien ?

– Eh bien non, dit Arthur en s'avançant dans la mer, non, je ne veux rien !

Puis il se tut, et Satan le vit bientôt courir sur les flots, sa course était légère et rapide et les vagues scintillaient sous ses pas.

– Oh ! dit Satan, dans sa haine jalouse, heureux, heureux... tu as l'ennui sur la terre, mais tu dormiras plus tard, et moi, moi, j'aurai le désespoir dans l'éternité, et quand je contemplerai ton cadavre...

– Mon cadavre ? dit Arthur, qui t'a dit que je mourrai ? Ne te l'ai-je pas dit ? je n'espère rien, pas même la mort.

– Les moyens les plus terribles...

– Essaie, dit Arthur qui s'était arrêté un instant sur la vague qui le ballottait doucement, comme s'il se fût tenu debout sur une planche.

Satan se tut longtemps et pensa à l'alchimiste : « Je l'ai trompé, se dit-il, il ne croit pas à son âme. Oh ! tu aimeras, tu aimeras une femme, mais, à celle-là je lui donnerai tant de grâce, tant de beauté, tant d'amour, qu'il l'aimera... car c'est un homme, malgré son orgueil et sa science. »

– Écoute, Arthur, lui dit-il, demain tu verras une fille de tes montagnes, tu l'aimeras.

Arthur se mit à rire.

– Pauvre sot, lui dit-il, je veux bien essayer, ou plutôt essaie de me tuer, si tu l'oses !

– Non, dit Satan, je n'ai de pouvoir que sur les âmes.

Et il le quitta.

Arthur était resté sur les rochers, et quand la lune commença à paraître, il ouvrit ses immenses ailes vertes, déploya son corps blanc comme la neige, et s'envola vers les nues.

V

Il faisait soir et le soleil rougeâtre et mourant éclairait à peine la vallée et les montagnes. C'était à cette heure du crépuscule où l'on voit, dans les prés, des fils blancs qui s'attachent à la chevelure des femmes et à leurs vêtements de dentelles et de soyeuses étoffes ; c'était à cette heure où la cigale chante de son cri aigu, dans l'herbe et sous les blés. Alors on entend dans les champs des voix mystérieuses, des concerts étranges, et puis, bien loin, le bruit d'une sonnette qui s'apaise et diminue, avec les troupeaux qui disparaissent et qui descendent. A cette heure, celle qui garde les chèvres et les vaches hâte son pas, court sans regarder derrière elle, et puis s'arrête de temps en temps, essoufflée et tremblante, car la nuit va venir et l'on rencontre dans le chemin quelques hommes et des jeunes gens, et puis elle a seize ans, la pauvre enfant, et elle a peur.

Julietta rassemble ses vaches et se dirige vers le village, dont on distinguait quelques cabanes, mais, ce jour-là, elle était triste, elle ne courait plus pour cueillir des fleurs et pour les mettre dans ses cheveux. Non ! plus de sauts enfantins à la vue d'une belle marguerite que son pied allait écraser, plus de chants joyeux, ce jour-là, plus de ces notes perlées, de ces longues roulades ; non ! plus de joie ni d'ivresse, plus ce joli cou blanc qui se courbait en arrière, et d'où sortait en dansant une musique légère et toute chaude d'harmonie, mais, au contraire, des soupirs répétés, un air rêveur, des larmes dans les yeux, et une longue promenade, bien rêveuse et bien lente, au milieu des herbes, sans faire attention qu'elle marche dans la rosée et que ses vaches ont disparu, tant la jeune fille est nonchalante et toute mélancolique.

Que de fois, dans ce jour, elle courut après son troupeau ; que de fois elle revint se rasseoir, lasse et ennuyée, et là, penser, ou plutôt ne penser à rien ! Elle était oppressée, son cœur brûlait, il désirait quelque chose de vague, d'indéterminé, il s'attachait à tout, quittait tout, il avait l'ennui, le désir, l'incertitude ; ennui, rêve du passé, songe sur l'avenir, tout cela passait dans la tête de l'enfant, couchée sur l'herbe et qui regardait le ciel les mains sur son front. Ellc avait peur d'être ainsi seule au milieu des champs, et pourtant elle y avait passé son enfance, se jouant dans les bois et courant dans les moissons ; le bruit du feuillage la faisait trembler, elle n'osait se retourner, il lui semblait toujours voir derrière sa tête la figure de quelque démon grimaçant avec un rire horrible.

Elle regarda longtemps les rayons rougeâtres du soleil qui diminuait de plus en plus, et qui décrivait, de place en place, des cercles lumineux qui s'agrandissaient, disparaissaient, puis revenaient bientôt ; elle attendit que la cloche de l'église eût fini de sonner et quand ses dernières vibrations furent perdues dans le lointain, alors elle se leva péniblement, courut après son troupeau, et se mit en marche pour retourner chez son père.

Tout à coup elle vit, à une cinquantaine de pas, une vingtaine de petites flammes qui s'élevaient de la terre ; les flammes disparurent, mais au bout de quelques minutes, Julietta les revit encore ; elles se rapprochèrent peu à peu, et puis une disparaissait, puis une autre, une troisième, et enfin la dernière qui sautillait, s'allongeait et dansait avec vivacité et folie. Les vaches s'arrêtèrent tout à coup, comme si un instinct naturel leur prescrivait de ne plus avancer, et firent entendre un beuglement plaintif qui se traîna longtemps, monotone, et puis mourut lentement. Les flammes redoublèrent, et l'on entendait distinctement des rires éclatants et des voix d'enfants. Julietta pâlit et s'appuya sur la corne d'une génisse, immobile et muette de terreur ; elle entendit des pas derrière sa tête, elle sentit ses joues effleurées par un souffle brûlant et un homme vint se placer debout devant elle.

Il était richement vêtu, ses habits étaient de soie noire, sa main gantée reluisait de diamants ; au moindre de ses gestes on entendait un bruit de sonnettes argentines, comme mêlées à des pièces d'or ; sa figure était laide, ses moustaches étaient rouges, ses joues étaient creuses, mais ses yeux brillaient comme deux charbons, ils étincelaient sous une prunelle épaisse et touffue comme une poignée de cheveux ; son front était pâle, ridé, osseux, et la partie supérieure en était soigneusement cachée par une toque de velours rouge. On eût dit qu'il craignait de montrer sa tête.

– Enfant, dit-il à Julietta, belle enfant !

Et il l'attira vers lui d'une main puissante, avec un sourire qu'il tâchait de faire doux et qui n'était qu'horrible.

– Aimes-tu quelqu'un ?

– Oh ! laissez-moi, dit la jeune fille, je me meurs entre vos bras ! vous m'écrasez !

– Eh quoi ! personne ? continua le chevalier. Oh ! tu aimeras quelqu'un, car je suis puissant, moi, je donne la haine et l'amour. Tiens, asseyons-nous ici, continua-t-il, sur le dos de ta vache blanche.

Celle-ci se coucha sur le côté et prêta le flanc, l'inconnu s'assit sur son cou, il tenait d'une main une de ses cornes et de l'autre la taille de Julietta.

Les feux follets avaient cessé, le soleil n'éclairait plus, il faisait presque nuit et la lune, pâle et faible, luttait avec le jour.

Julietta regardait l'étranger avec terreur ; son regard était terrible.

– Laissez-moi ! dit-elle, oh ! laissez-moi, au nom de Dieu !

– Dieu ? reprit-il amèrement, et il se mit à rire. Julietta, continua-t-il, connais-tu le duc Arthur d'Almaroës ?

– Je l'ai vu quelquefois, mais c'est comme de vous, j'en ai peur... Oh ! laisse-moi, laisse-moi ; il faut que je m'en aille... mon père ! oh ! s'il savait...

– Ton père ! eh bien ?

– S'il savait, vous dis-je, que vous me retenez ainsi, le soir... oh ! mais il vous tuerait !

– Je te laisse libre, Julietta, pars !

Et il laissa tomber son bras qui la tenait vivement étreinte.

Elle ne put se lever, quelque chose l'attachait au ventre de l'animal qui geignait tristement et humectait l'herbe de sa langue baveuse ; il râlait et remuait sa tête sur le sol comme s'il se mourait de douleur.

– Eh bien, Julietta, pars ; qui t'empêche ?

Elle s'efforça encore, mais rien ne put lui faire faire un mouvement, sa volonté de fer se brisait devant la fascination de cet homme et son pouvoir magique.

– Qu'êtes-vous donc ? lui dit-elle, quel mal vous ai-je fait ?

– Aucun... mais parlons du duc Arthur d'Almaroës. N'est-ce pas qu'il est riche, qu'il est beau ?

Ici il se tut, se frappa le front de ses deux mains : « Oh ! qu'il vienne ! qu'il vienne donc ! »

Et puis ils restèrent ainsi tous deux longtemps, bien longtemps, la jeune fille tremblante, et lui l'œil fixé sur elle et la contemplant avidement.

– Es-tu heureuse ? lui demanda-t-il.

– Heureuse ? Oh, non !

– Que te faut-il ?

– Je ne sais, mais je n'aime rien, rien ne me plaît, surtout aujourd'hui, je suis bien triste, et ce soir encore... votre air méchant... Oh ! j'en deviendrai folle !

– N'est-ce pas, Julietta, que tu voudrais être reine ?

– Non !

– N'est-ce pas, Julietta, que tu aimes l'église et son encens, sa haute nef, ses murailles noircies et ses chants mystiques ?

– Non.

– Tu aimes la mer, les coquilles au rivage, la lune au ciel et des rêves dans tes nuits ?

– Oh ! oui ! j'aime tout cela.

– Et qu'y rêves-tu dans tes nuits, Julietta ?

– Que sais-je ?

Et elle devint toute pensive.

– N'est-ce pas que tu souhaites une autre vie, des voyages lointains ? n'est-ce pas que tu voudrais être la feuille de rose pour rouler dans l'air, être l'oiseau qui vole, le chant qui se perd, le cri qui s'élance ? n'est-ce pas que le duc Arthur est beau, riche et puissant ! Et lui aussi, il aime les rêves, les sublimes extases.

« Oh ! qu'il vienne ! qu'il vienne ! continua-t-il tout bas, qu'il vienne ! elle l'aimera et d'un amour chaud, brûlant, entier, ils se perdront tous deux. »

La lune roulait sous les nuages, elle éclairait la montagne, la vallée et le vieux château gothique, dont la sombre silhouette se dessinait au clair de lune comme un fantôme sur le mur du cimetière.

– Levons-nous, dit l'inconnu, et marchons !

L'étranger prit Julietta et l'entraîna sur ses pas, les vaches bondissaient, galopaient dans les champs, elles couraient, éperdues, les unes après les autres, puis revenaient autour de Julietta en sautant et en dansant ; on n'entendait que le bruit de leurs pas sur la terre et la voix du cavalier aux éperons d'or qui parlait et parlait toujours d'un son singulier comme un orgue. Il y avait longtemps qu'ils marchaient ainsi, le chemin était facile, et ils marchaient rapidement sur l'herbe fraîche, glissante sous les pieds comme une glace polie. Julietta était fatiguée, ses jambes s'affaissaient sous son corps.

– Quand arriverai-je ? demandait-elle souvent.

Et son regard mélancolique s'élançait dans l'horizon qui ne lui offrait qu'une obscurité profonde. Enfin elle reconnut, après bien longtemps, la masure de son père. L'étranger était toujours à ses côtés, il ne disait plus rien, seulement son visage était gai et il souriait comme un homme heureux ; quelques mots d'une langue inconnue s'échappaient de ses lèvres, et puis il prêtait l'oreille attentivement, silencieux et la bouche béante.

– Aimes-tu le duc Arthur ? demanda-t-il encore une fois.

– Je le connais à peine, et puis, que vous importe ?

– Tiens, le voilà ! lui dit-il.

En effet, un homme passa devant eux, il était nu jusqu'à la ceinture, son corps était blanc comme la neige, ses cheveux étaient bleus et ses yeux avaient un éclat céleste.

L'inconnu disparut aussitôt.

Julietta se mit à courir, puis, arrivée à une porte en bois entourée d'une haie, elle se cramponna au marteau de fer et sonna à coups redoublés. Un vieillard vint ouvrir, c'était son père.

– Pauvre enfant, lui dit-il, d'où viens-tu ? entre !

Et la jeune fille aussitôt se précipita dans la maison, où sa famille l'attendait depuis plusieurs heures avec angoisse ; chacun aussitôt poussa des cris de joie, on l'embrassa, on la questionna, et l'on se mit à table autour d'un énorme pot en fer d'où s'exhalait une vapeur épaisse.

– As-tu ramené les vaches ? lui demanda sa mère.

Et sur sa réponse affirmative, elle lui prescrivit d'aller les traire. Julietta sortit et revint au bout de quelques minutes, apportant un énorme seau de fer-blanc qu'elle déposa avec peine sur la table... mais c'était du sang.

– Ciel ! du sang ! s'écria Julietta – elle devint pâle et tomba sur les genoux de sa mère – oh ! c'est lui !

– Qui ?

– Lui enfin, lui qui m'a retardée.

– Qu'est-ce ?

– Je ne sais !

– C'est moi, s'écria une voix qui partait du fond de l'appartement, avec un rire perçant.

En effet l'étranger et le duc Arthur étaient collés contre la muraille.

Le vieillard sauta sur son fusil accroché dans sa cheminée, et les ajusta.

– Grâce pour lui ! s'écria Julietta en se jetant violemment autour de son cou.

Mais la balle était partie, on n'entendait plus rien, les deux fantômes disparurent ; seulement, au bout de quelques instants, une vitre se cassa et une balle vint rouler sur les pavés.

C'était celle que Satan renvoyait.

VI

Tout cela était étrange, il y avait là-dessous quelque sorcellerie, quelque piège magique ; et puis, ce lait changé en sang, cette apparition bizarre, le retard de Julietta, son regard effaré, sa voix chevrotante, et cette balle qui venait rebondir autour d'eux, avec leur rire sinistre échappé du mur, tout cela fit pâlir et trembler la famille ; on se serra les uns contre les autres et l'on se tut aussitôt. Julietta s'appuya la tête dans la main gauche, posa le coude sur la table, et défaisant le ruban qui retenait ses cheveux, elle les laissa tomber sur ses épaules, puis, ouvrant les lèvres, elle se mit à chanter entre ses dents, bien bas il est vrai ; elle murmurait un vieux refrain, aigre et monotone, qui sortait en sifflant ; elle se balançait légèrement sur la chaise et paraissait vouloir s'endormir au son de sa voix, son regard était insignifiant et à demi fermé, sa tenue était nonchalante et rêveuse.

On l'écoutait avec étonnement, et c'était toujours les mêmes sons, aigus et faibles, le même bourdonnement ; puis peu à peu il s'apaisa, et il devint si faible et si grêle qu'il mourut entre ses dents.

La nuit se passa ainsi, triste et longue, car chacun n'osait remuer de sa place, n'osait dire une parole ni regarder derrière soi. Le vieillard s'assoupit profondément dans son fauteuil de bois, sa femme ferma bientôt les yeux de crainte et d'ennui ; quant à ses deux fils, ils baissèrent la tête dans leurs mains et cherchèrent un sommeil qui ne vint que bien tard, mais troublé par des rêves sinistres.

Il eût fallu voir toutes ces têtes sommeillantes et abattues, réunies autour d'une lumière mourante qui éclairait leur front soucieux d'une teinte pâle et lugubre : celle du vieillard était grave, sa bouche était entrouverte, son front était couvert de ses cheveux blancs, et ses mains décharnées reposaient sur ses cuisses ; la vieille femme, qui était posée devant lui, tournait de temps en temps la tête de côté et d'autre, son visage était ridé par une singulière expression de malheur et d'amertume ; et puis il y avait la figure pâle et paisible de Julietta, avec ses longs cheveux blonds qui balayaient la table, sa chanson monotone qui sifflait entre ses dents blanches, et son regard doux et enivré.

Elle ne dormit pas, mais elle passa les heures de la nuit à écouter le beuglement plaintif de sa vache blanche qui, renfermée dans son étable, souffrait aussi, la pauvre bête, et se tordait peut-être d'agonie sur sa litière humide de sueur.

En effet, quand le jour fut venu et que Julietta sortit pour l'aller faire paître dans les champs, elle portait sur le cou l'empreinte d'une griffe.

Elle sortit, monta la colline d'un pas rapide ; arrivée au haut, elle s'assit, mais le bas de ses vêtements et ses pieds ruisselaient, elle avait marché dans la rosée, tant, ce jour, elle était folle et dormeuse tout à la fois ; elle courait, puis s'arrêtait tout à coup, portait sa main à son front, et regardait de tous côtés s'il n'allait pas venir.

Il ! car elle aimait, la pauvre enfant ! elle aimait un grand seigneur, riche, puissant, qui était beau cavalier, avait des yeux fiers et un sourire hautain ; elle aimait un homme étrange, inconnu, un démon incarné, une créature, pensait-elle, bien élevée et bien poétique.

Non ! rien de tout cela, car elle aimait le duc Arthur d'Almaroës.

D'autres fois, elle retombait dans ses rêveries et souriait amèrement, comme doutant de l'avenir, et puis elle pensait à lui, elle se le créait là, assis sur l'herbe perlée, à côté d'elle ; il était là, là, lui disant de douces paroles, la regardant fixement de son regard puissant ; et sa voix était douce, était pure, était vibrante d'amour, c'était une musique toute nouvelle et toute sublime. Elle resta ainsi longtemps, les yeux fixés sur l'horizon qui lui apparaissait toujours aussi morne, aussi vide de sens, aussi stupide.

Le soir arriva enfin, après ce long jour d'angoisses, aussi long que la nuit qui l'avait précédé. Julietta resta encore longtemps après le coucher du soleil, et puis elle revint, elle descendit lentement la montagne, s'arrêtant à chaque pas et écoutant derrière elle, et elle n'entendait que la cigale qui sifflait sous l'herbe, et l'épervier qui rentrait dans son nid en volant à tire-d'aile.

Elle s'en allait donc ainsi triste et désespérée, la tête baissée sur son sein tout gonflé de soupirs, tenant de sa main gauche la corde tout humide qui tenait sa pauvre vache blanche qui boitait de l'épaule droite. C'était sur celle-là que Satan s'était assis.

Arrivée à l'endroit où l'inconnu l'avait quittée, la veille, et où le duc Arthur lui était apparu, elle s'arrêta instinctivement, retint fortement sa génisse qui, luttant naturellement contre elle, l'entraîna de quelques pas.

Arthur se présenta aussitôt, elle lâcha la corde, et la vache se mit à bondir et à galoper vers son étable.

Julietta le regarda avec amour, avec envie, avec jalousie ; il passa en la regardant comme il regardait les bois, le ciel, les champs.

Elle l'appela par son nom ; il fut sourd à ses cris comme au bêlement du mouton, au chant de l'oiseau, aux aboiements du chien.

– Arthur, lui dit-elle avec désespoir, Arthur, oh ! Arthur, écoute !

Et elle courut sur ses pas, et se traîna à ses vêtements, et elle balbutiait en sanglotant ; son cœur battait avec violence, elle pleurait d'amour et de rage. Il y avait tant de passion dans ces cris, dans ces larmes, dans cette poitrine qui se soulevait avec fracas, dans cet être faible et aérien qui se traînait les genoux sur le sol, tout cela était si éloigné des cris d'une femme pour une porcelaine brisée, du bêlement du mouton, du chant de l'oiseau, de l'aboiement du chien, qu'Arthur s'arrêta, la regarda un instant... et puis il continua sa route.

– Oh ! Arthur, écoute de grâce un instant ! car je t'aime, je t'aime ! Oh ! viens avec moi, nous irons vivre ensemble sur la mer, loin d'ici, ou bien, tiens ! nous nous tuerons ensemble.

Arthur marchait toujours.

– Écoute, Arthur ! mais regarde-moi ! je suis donc bien hideuse, bien laide ? tu n'es donc pas un homme, toi, que ton cœur est froid comme le marbre et dur comme la pierre !

Elle tomba à genoux à ses pieds, en se renversant sur le dos comme si elle allait mourir. Elle mourait, en effet, d'épuisement et de fatigue, elle se tordait de désespoir, et voulait s'arracher les cheveux, et puis elle sanglotait avec un rire forcé, des larmes qui étouffaient sa voix ; ses genoux étaient déchirés et couverts de sang à se traîner ainsi sur les cailloux ; car elle aimait d'un amour déchirant, entier, satanique ; cet amour la dévorait toujours, il était furieux, bondissant, exalté.

C'était bien un amour inspiré par l'enfer, avec ces cris désordonnés, ce feu brûlant qui déchire l'âme, use le cœur ; une passion satanique, toute convulsive et toute forcée, si étrange qu'elle paraît bizarre, si forte qu'elle rend fou.

– A demain, n'est-ce pas, oh, Arthur ! Une grâce ! une grâce ! et je te donnerai tout après, mon sang, ma vie, mon âme, l'éternité si je l'avais ! tu me tueras si tu veux, mais à demain ! à demain sur la falaise... Oh ! n'est-ce pas ? au clair de lune... la belle chose qu'une nuit d'amour sur les rochers, au bruit des flots, n'est-ce pas, Arthur ?... à demain ?

Et il laissa tomber nonchalamment de ses lèvres dédaigneuses deux mots :

– A demain !

VII

A demain ! Oh ! demain ! et elle courut comme une folle vers la falaise, on ne la revit plus dans le village, elle avait disparu du pays.

Satan l'avait emportée.

VIII

Il faisait nuit, la lune brillait pure et blanche, et, dégagée de ses nuages, sa lumière éclairait le cabinet d'Arthur, dont il avait laissé la fenêtre ouverte ; il se penchait sur la rampe de fer et humait avec délices l'air frais de la nuit. Il entendit ce même bruit de pattes fines et légères sur les carreaux de son fourneau, il se retourna. C'était Satan, mais, cette fois, plus hideux et plus pâle encore ; ses flancs étaient amaigris, et sa gueule béante laissait voir des dents verdâtres comme l'herbe des tombeaux.

– Eh bien, Satan, lui dit Arthur, eh bien, est-il vrai maintenant que j'aime quelqu'un ? crois-tu que j'aie été ému par ces cris, par ces larmes et par ces convulsions forcées ?

– Vraiment, lui répondit le démon en frémissant sur ses quatre pattes, vraiment tu es donc bien insensible ! et tu l'as laissée mourir ?

– Elle est morte ? dit Arthur en le regardant froidement.

– Non ; mais elle t'attend.

– Elle m'attend ?

– Oui, sur la falaise. Ne lui avais-tu pas promis ? il y a longtemps qu'elle y est, elle t'attend.

– Eh bien, j'irai.

– Tu iras ? eh bien, Arthur, je ne te demande que cette dernière grâce ; après, tu feras de moi tout ce qu'il te plaira, je t'appartiens.

– Et que veux-tu que je fasse ?

– Crois-tu que je tienne beaucoup à ton âme, moi ? tu l'aimeras, te dis-je... Arthur, ne m'as-tu pas dit que tu voudrais avoir des passions, un amour fort et brûlant, étranger des autres amours ? eh bien, tu l'aurais, cet amour... mais moi, à mon tour, n'est-ce pas ? tu me donneras ton âme ?

– Je n'en ai pas.

– Tu le crois, mais tu en as une, car tu es un homme puisque tu aimeras.

Satan était habitué à voir tant d'orgueil et de vanité qu'il ne croyait qu'à cela ; le malheur ne voit que le vice, l'affamé ne sent que la faim.

– Un homme ? Satan ! dis, en as-tu vu des hommes qui puissent s'étendre dans les airs jusqu'aux nuages ? – et il déploya ses ailes vertes – en as-tu vu des cheveux comme ceux-là ? – et il montra sa chevelure bleue. – As-tu vu chez aucun d'eux un corps blanc comme la neige, une main aussi forte que celle-là, Satan – et il lui serrait fortement la peau entre ses ongles – enfin, y en a-t-il qui ose jamais t'insulter ainsi ? Puisque tu désires mon âme, tue-moi de suite, écrase ma tête dans tes dents, déchire-moi de tes griffes, essaie et vois si je suis un homme.

Et Satan bondissait sur le pavé, il écumait de rage et, dans ses sauts convulsifs, il allait se frapper les reins sur le plafond. Arthur était paisible.

– Satan, lui dit-il, tu es fort en effet, tu es puissant, je sens que tu peux m'anéantir d'un seul coup, essaie, essaie, ah ! de grâce, tue-moi !... Oui, j'ai une âme, je te la donne, mon âme ; tue-moi, cela t'est facile, car je ne suis qu'un homme.

Le démon sauta sur sa gorge avec un cri infernal qui partait de ses entrailles ; il voulut le saisir, la peau lui glissa sous les dents. Arthur se dégagea la poitrine ; Satan s'élança d'un bond furieux, les griffes en avant, il retomba sans pouvoir effleurer l'épiderme qui était intact et poli ; il bondissait, furieux, éperdu, un aboiement rauque courait sur ses lèvres ensanglantées, ses yeux flamboyaient, il trépignait ; Arthur se coucha sur le sol, étendit ses ailes. Satan glissait dessus, il s'y traînait, y rampait, ouvrait la gueule pour le déchirer, ses griffes s'usaient comme à déchirer un roc ; il bavait, haletant, rouge de colère : pour la première fois il se trouvait vaincu. Et puis l'autre... l'autre riait mollement, et ce rire paisible était éclatant, sonore et comme mêlé à un bruit de fer ; le souffle bruyant qui s'exhalait de sa gorge repoussait Satan, comme la furieuse vibration d'une cloche d'alarme qui bondit dans la nef, rugit, ébranle les piliers et fait tomber la voûte.

Il fallait voir aux prises ces deux créatures toutes bizarres, toutes d'exception, l'une toute spirituelle, l'autre charnelle et divine dans sa matière ; il fallait voir en lutte l'âme et le corps et cette âme, cet esprit pur et aérien, rampant, impuissant et faible devant la morgue hautaine de la matière brute et stupide.

Ces deux monstres de la création se trouvaient en présence comme pour se haïr et se combattre, c'était une guerre acharnée, à mort, une guerre terrible... et qui devait finir entre eux, comme chez l'homme... par le doute et l'ennui.

C'était deux principes incohérents qui se combattaient en face ; l'esprit tomba d'épuisement et de lassitude devant la patience du corps.

Et qu'ils étaient grands et sublimes, ces deux êtres qui, réunis ensemble, auraient fait un Dieu, l'esprit du mal et la force du pouvoir ! Que cette lutte était terrible et puissante, avec ces cris d'enfer, ces rires furieux, et puis tout l'édifice en ruines qui tremblait sous les pas, et dont les pierres remuaient comme dans un rêve !

Enfin, quand Satan eut bien des fois sauté et retombé sur le sol, haletant et fatigué, l'œil terne, la peau humide d'une sueur glaciale, les griffes cassées ; quand Arthur l'eut contemplé longtemps, épuisé de rage et de colère, rampant tristement à ses pieds ; quand il eut savouré longtemps le râle qui s'échappait de sa poitrine, quand il eut compté les soupirs d'agonie qu'il ne pouvait retenir et qui lui brisaient le cœur, enfin, quand, revenu de sa cruelle défaite, Satan leva la tête défaillante vers son vainqueur, il trouva encore ce regard d'automate froid, et impassible, qui semblait rire dans son dédain.

– Et toi aussi, lui dit Arthur, tu t'es laissé vaincre comme un homme... et par orgueil encore ! Crois-tu maintenant que j'aie dit vrai ?

– Tu n'es peut-être pas un homme, dit Satan... mais tu as une âme...

– Eh bien, Satan, j'irai demain sur la falaise.

Et le lendemain, quand le concierge fit sa tournée dans les corridors, il trouva que les dalles étaient dérangées et usées toutes, de place en place, comme par une griffe de fer. Le brave homme en devint fou.

IX

Julietta attendait le duc, elle l'attendait jour et nuit, courant sur les rochers, elle l'attendait en pleurant, elle l'attendait depuis quatre années.

Car les ans passent vite dans un récit, dans la pensée ; ils coulent vite dans le souvenir, mais ils sont lents et boiteux dans l'espérance.

Le jour, elle se promenait sur la plage, écoutait la mer et regardait de tous côtés s'il n'allait pas venir ; et puis quand le soleil avait échauffé les roches, quand, épuisée, elle tombait de fatigue, alors elle s'endormait sur le sable, et puis se relevait pour aller cueillir des fruits, chercher le pain que des âmes charitables déposaient dans une fente de rochers.

La nuit elle se promenait sur les falaises, errante ainsi avec ses longs vêtements blancs, sa chevelure en désordre, et des cris de douleur ; et elle restait assise des heures entières sur un roc aigu, à contempler, au clair de lune, les vagues brisées qui venaient mourir sur la grève et mousser en blanches écumes entre les rochers et les galets.

Pauvre folle ! disait-on, si jeune et si belle ! vingt ans à peine... et plus d'espoir !... Dame ! c'est sa faute aussi, elle est folle d'amour, d'amour pour un prince ; c'est l'orgueil qui l'a perdue, elle s'est donnée à Satan.

Oui, bien folle, en effet, d'aimer le duc Arthur, bien folle de ne point étouffer son amour, bien folle de ne point se tuer de désespoir ; mais elle croyait à Dieu et elle ne se tua pas.

Il est vrai que souvent elle contemplait la mer et la falaise, haute de cent pieds, et puis qu'elle se mettait à sourire tout bas, avec une grimace des lèvres qui faisait peur aux enfants ; bien folle de s'arrêter devant une idée de croire à Dieu, de le respecter, de souffrir pour son plaisir, de pleurer pour ses délices. Croire à Dieu, Julietta, c'est être heureuse ; tu crois à Dieu et tu souffres ! Oh ! tu es bien folle en effet ! Voilà ce que te diront les hommes.

Mais non, au désespoir avait succédé l'abattement, aux cris furieux les larmes ; plus d'éclairs de voix, de profonds soupirs, mais des sons dits tout bas et retenus sur les lèvres, de peur de mourir en les criant.

Ses cheveux étaient blancs, car le malheur vieillit ; il est comme le temps, il court vite, il pèse lourd et il frappe fort ; mais, plus encore, il faut moins de larmes au désespoir pour amaigrir un homme que de gouttes d'eau à la tempête pour creuser la pierre d'une tombe ; les cheveux se blanchissent en une nuit.

Ses cheveux étaient blancs, ses habits déchirés, mais ses pieds s'étaient durcis à marcher sur la terre, à s'écorcher aux ronces et aux chardons ; ses mains étaient crevassées par le froid et par l'air âpre de l'océan, qui dessèche et qui brûle comme les gelées du Nord ; et puis elle était pâle, amaigrie, avait les yeux creux et ternes, que vivifiait encore un rayon d'amour, qu'éclairait une étincelle d'enfer ; sa bouche était entrouverte et comme contractée par un mouvement des lèvres involontaire et convulsif. Mais elle avait toujours le teint doré et brûlé du soleil, elle avait toujours ce regard étrange qui séduit et qui attire, c'était toujours cette âme sublime et passionnée, que Satan avait choisie pour tenter la matière endormie, le corps dénué de sens, la chair sans volupté.

Quand elle voyait un homme, elle courait vers lui, se jetait à ses pieds, l'appelait Arthur, et puis s'en retournait triste, désespérée, en disant : « Ce n'est pas lui ! il ne vient pas ! »

Et l'on disait : Oh ! la pauvre folle, si jeune et si belle, vingt ans à peine... et plus d'espoir !

C'était par une nuit belle, radieuse d'étoiles, toute blanche, toute azurée, toute calme comme la mer, qui était tranquille et douce, qui venait battre légèrement les rochers de la falaise.

Julietta était là, toujours rêveuse et solitaire, et puis, je ne sais si c'est un songe, mais Arthur lui apparut.

Arthur ! oh ! mais toujours froid, toujours calme.

– Je t'attends, lui dit Julietta, il y a longtemps que je suis au rendez-vous !

Sa voix tremblait.

– Assieds-toi avec moi, sur cette roche, ô mon Arthur, assieds-toi. Que te faut-il ? la lune est belle, les étoiles brillent, la mer est calme, il fait beau ici, Arthur... oh ! assieds-toi et causons.

Arthur s'étendit à côté d'elle.

– Que me veux-tu, Julietta, lui dit-il, pourquoi es-tu plus triste que les autres femmes ? pourquoi m'as-tu demandé à venir ici ?

– Pourquoi ?... ô Arthur... mais je t'aime !

– Qu'est-ce ?

– Eh quoi ? quand je te regarde ainsi, tiens, avec ce sourire – et elle passa son bras autour de sa taille – quand tu sens mon haleine, quand de mes cheveux j'effleure ta bouche, eh bien, dis, est-ce que tu ne sens pas là, sur la poitrine, quelque chose qui bat et qui respire ?

– Non ! non ! mais tu es une femme, toi, tu as une âme, oui, je comprends ; moi, je n'en ai pas d'âme – il la regarda avec fierté – et qu'est-ce que l'âme, Julietta ?

– Que sais-je ?... mais je t'aime ! Oh ! l'amour ! l'amour, Arthur, tiens, vous blanchit les cheveux, les miens.

Elle le contempla, elle se traîna sur sa poitrine, elle l'accabla de ses baisers et de ses caresses ; et lui, il restait toujours calme sous les embrassements, froid sous les baisers.

Il fallait voir cette femme, s'épuisant d'ardeur, prodiguant tout ce qu'elle avait de passion, d'amour, de poésie, de feu dévorant et intime, pour vivifier le corps léthargique d'Arthur, qui restait insensible à ces lèvres brûlantes, à ces bras convulsifs, comme l'attouchement du lézard au contact de la brute. Julietta était bondissante d'amour, comme Satan l'était de rage et de colère.

Elle passa bien des heures sur les joues d'Arthur, qui regardait le ciel azuré, qui pensait sans doute aussi à des rêves sublimes, à des amours, sans penser qu'il avait là, devant lui, dans ses bras, une réalité céleste, un amour d'exception, tout brûlant et tout exalté.

Julietta ! il la laissa tomber épuisée ; puis elle tenta un dernier effort... et courut vers les rochers les plus élevés et s'élança d'un seul bond ; il se fit un silence de quelques secondes, et Arthur entendit le bruit d'un corps lourd qui tombe dans l'eau. Et la nuit était belle, toute calme, toute azurée comme la mer, elle était douce, tranquille, et ses vagues venaient mourir mollement sur la plage, et puis les vagues roulaient, tombaient et apportaient sur le rivage des coquilles, de la mousse et des débris de navires.

Une vint rouler longtemps, elle s'étendit au loin, puis se recula, puis revint ; elle déposa quelque chose de lourd et de grand.

C'était un cadavre de femme.

– Eh bien ? dit Arthur, en regardant Satan.

Et quand celui-ci eut vu que son front était toujours pâle et uni, que son œil était sec et sans larmes :

– Non ! non ! tu n'as pas d'âme, je me suis trompé, continua-t-il en le regardant avec envie, mais j'aurai celle-là.

Et il enfonça son pied crochu dans la gorge du cadavre.

X

Et plusieurs siècles se passèrent.

La terre dormait d'un sommeil léthargique, point de bruit à sa surface et l'on n'entendait que les eaux de l'océan qui se brisaient en écumant ; elles étaient furieuses, montaient dans l'air en tourbillonnant, et le rivage remuait à leurs secousses comme entre les mains d'un géant. Une pluie fine et abondante obscurcissait la lumière douteuse de la lune, le vent cassait la forêt, et les cieux pliaient sous leur souffle comme le roseau à la brise du lac.

Il y avait dans l'air comme un bruit étrange de larmes et de sanglots, on eût dit le râle d'un monde.

Et une voix s'éleva de la terre et dit :

– Assez ! assez ! j'ai trop longtemps souffert et ployé les reins, assez ! Oh ! grâce ! ne crée point d'autre monde !

Et une voix douce, pure, mélodieuse comme la voix des anges, s'abattit sur la terre et dit :

– Non ! non ! c'est pour l'éternité, il n'y aura plus d'autre monde !

1837

Victor HUGO

LE DIABLE CHIFFONNIER

... En ce temps-là même, il était arrivé au diable une aventure désagréable et singulière. Le diable a coutume d'emporter les âmes qui sont à lui dans une hotte, ainsi que cela peut se voir sur le portail de la cathédrale de Fribourg en Suisse, où il est figuré avec une tête de porc sur les épaules, un croc à la main et une hotte de chiffonnier sur le dos ; car le démon trouve et ramasse les âmes des méchants dans les tas d'ordures que le genre humain dépose au coin de toutes les grandes vérités terrestres ou divines. Le diable n'avait pas l'habitude de fermer sa hotte, ce qui fait que beaucoup d'âmes s'échappaient, grâce à la céleste malice des anges. Le diable s'en aperçut et mit à sa hotte un bon couvercle orné d'un bon cadenas. Mais les âmes, qui sont fort subtiles, furent peu gênées du couvercle ; et, aidées par les petits doigts roses des chérubins, trouvèrent encore moyen de s'enfuir par les claires-voies de la hotte. Ce que voyant, le diable, fort dépité, tua un dromadaire, et de la peau de la bosse se fit une outre qu'il sut clore merveilleusement avec l'assistance du démon Hermès, et de laquelle il se sentait plus joyeux quand elle était remplie d'âmes qu'un écolier d'une bourse remplie de sequins d'or. C'est ordinairement dans la Haute-Égypte, sur les bords de la Mer Rouge, que le diable, après avoir fait sa tournée dans le pays des païens et des mécréants, remplit cette outre : le lieu est fort désert ; c'est une grève de sable près d'un petit bois de palmiers qui est situé entre Coma, où est né saint Antoine, et Clisma, où est mort saint Sisoës.

Un jour donc que le diable avait fait encore meilleure chasse qu'à l'ordinaire, il remplissait gaiement son outre lorsque, se retournant par hasard, il vit à quelques pas de lui un ange qui le regardait en souriant. Le diable haussa les épaules et continua d'empiler dans ce sac les âmes qu'il avait, les épluchant fort peu, je vous jure ; car tout est assez bon pour cette chaudière-là. Quand il eut fini, il empoigna l'outre d'une main pour la charger sur ses épaules ; mais il lui fut impossible de la lever du sol, tant il y avait mis d'âmes et tant les iniquités dont elles étaient chargées les rendaient lourdes et pesantes. Il saisit alors cette besace d'enfer à deux bras ; mais le second effort fut aussi inutile que le premier, l'outre ne bougea pas plus que si elle eût été la tête d'un cochon sortant de terre.

– Oh ! âmes de plomb, dit le diable, et il se prit à jurer.

En se retournant, il vit le bel ange qui le regardait en riant.

– Que fais-tu là ? s'écria le démon.

– Tu le vois, dit l'ange, je souriais tout à l'heure et à présent je ris.

– Oh ! céleste volaille ! grand innocent, va ! répliqua Asmodée.

Mais l'ange devint sévère et lui parla ainsi :

– Dragon, voici les paroles que je te dis de la part de celui qui est le Seigneur : tu ne pourras emporter cette charge d'âmes dans la géhenne tant qu'un saint du paradis ou un chrétien tombé du ciel ne t'aura pas aidé à la soulever de terre et à la poser sur tes épaules.

Cela dit, l'ange ouvrit ses ailes d'aigle et s'envola.

Le diable était fort empêché.

– Que veut dire cet imbécile ? grommelait-il entre ses dents. Un saint du paradis ? ou un chrétien tombé du ciel ? J'attendrai longtemps si je dois rester là jusqu'à ce qu'une pareille assistance m'arrive ! Pourquoi diantre aussi ai-je outrageusement bourré cette sacoche ? Et ce niais, qui n'est ni homme ni oiseau, se burlait de moi ! Allons ! il faut maintenant que j'attende le saint qui viendra du paradis ou le chrétien qui tombera du ciel. Voilà une stupide histoire, et il faut convenir qu'on s'amuse de peu de chose là-haut !

Pendant qu'il se parlait ainsi à lui-même, les habitants de Coma et de Clisma croyaient entendre le tonnerre gronder sourdement à l'horizon. C'était le diable qui bougonnait.

Pour un charretier embourbé, jurer est quelque chose, mais sortir de l'ornière est encore mieux. Le pauvre diable se creusait la tête et rêvait. C'est un drôle fort adroit que celui qui a perdu Ève. Il entre partout. Quand il veut, de même qu'il se glisse dans l'amour, il se glisse dans le paradis. Il a conservé des relations avec saint Cyprien le magicien, et il sait dans l'occasion se faire bienvenir des autres saints, tantôt en leur rendant de petits services mystérieux, tantôt en leur disant des paroles agréables. Il sait, ce grand savant, la conversation qui plaît à chacun. Il les prend tous par leur faible. Il apporte à saint Robert d'York les petits pains d'avoine au beurre. Il cause orfèvrerie avec saint Éloi et cuisine avec saint Théodote. Il parle au saint évêque Germain du roi Childebert, au saint abbé Wandrille du roi Dagobert et au saint eunuque Usthazade du roi Sapor. Il parle à saint Paul le Simple de saint Antoine, et il parle à saint Antoine de son cochon. Il parle à saint Lou de sa femme Biméniole, et il ne parle pas à saint Gomer de sa femme Gwinmarie. Car le diable est le grand flatteur. Cœur de fiel, bouche de miel.

Cependant quatre saints, qui sont connus pour leur étroite amitié, saint Nil le Solitaire, saint Autremoine, saint Jean le Nain et saint Médard, étaient précisément allés ce jour-là se promener sur les bords de la Mer Rouge. Comme ils arrivaient, tout en conversant, près du bois de palmiers, le diable les vit venir vers lui avant d'être aperçu par eux. Il prit incontinent la forme d'un vieillard très pauvre et très cassé et se mit à pousser des cris lamentables. Les saints approchèrent.

– Qu'est-ce ? dit saint Nil.

– Hélas ! hélas ! mes bons seigneurs, s'écria le diable, venez à mon aide, je vous en supplie. J'ai un très méchant maître, je suis un pauvre esclave, j'ai un très méchant maître qui est un marchand du pays de Fez. Or vous savez que tous ceux de Fez, les Maures, Numides, Garamantes et tous les habitants de la Barbarie, de la Nubie et de l'Égypte sont mauvais, pervers, sujets aux femmes et aux copulations illicites, téméraires, ravisseurs, hasardeux et impitoyables à cause de la planète Mars. De plus, mon maître est un homme que tourmentent la bile noire, la bile jaune et la pituite à Cicéron ; de là une mélancolie froide et sèche qui le rend timide, de peu de courage, avec beaucoup d'inventions néanmoins pour le mal. Ce qui retombe sur nous, pauvres esclaves, sur moi, pauvre vieux.

– Où voulez-vous en venir, mon ami ? dit saint Autremoine avec intérêt.

– Voilà, mon bon seigneur, répondit le démon. Mon maître est un grand voyageur. Il a des manies. Dans tout le pays où il va, il a le goût de bâtir dans son jardin une montagne de sable qu'on ramasse au bord des mers près desquelles ce méchant homme s'établit. Dans la Zélande, il a édifié un tas de sable fangeux et noir ; dans la Frise un tas de gros sable mêlé de ces coquilles rouges, parmi lesquelles on trouve le cône tigré ; et dans la Chersonèse cimbrique, qu'on nomme aujourd'hui Jutland, un tas de sable fin mêlé de ces coquilles blanches parmi lesquelles il n'est pas rare de rencontrer la telline soleil-levant...

– Que le diable t'emporte ! interrompit saint Nil, qui est d'un naturel impatient. Viens au fait. Voilà un quart d'heure que tu nous fais perdre à écouter des sornettes. Je compte les minutes.

Le diable s'inclina humblement :

– Vous comptez les minutes, monseigneur ? C'est un noble goût. Vous devez être du Midi ; car ceux du Midi sont ingénieux et adonnés aux mathématiques, parce qu'ils sont plus voisins que les autres hommes du cercle des étoiles errantes.

Puis, tout à coup, éclatant en sanglots et se meurtrissant la poitrine du poing :

– Hélas ! hélas ! mes bons princes, j'ai un bien cruel maître. Pour bâtir sa montagne il m'oblige à venir tous les jours, moi vieillard, remplir cette outre de sable au bord de la mer. Il faut que je la porte sur mes épaules. Quand j'ai fait un voyage, je recommence, et cela dure depuis l'aube du jour jusqu'au coucher du soleil. Si je veux me reposer, si je veux dormir, si je succombe à la fatigue, si l'outre n'est pas bien pleine, il me fait fouetter. Hélas ! je suis bien misérable et bien battu et bien accablé d'infirmités. Hier, j'avais fait six voyages dans la journée ; le soir venu, j'étais si las que je n'ai pu hausser jusqu'à mon dos cette outre que je venais d'emplir ; et j'ai passé ici toute la nuit, pleurant à côté de ma charge et épouvanté de la colère de mon maître. Mes seigneurs, mes bons seigneurs, par grâce et par pitié, aidez-moi à mettre ce fardeau sur mes épaules, afin que je puisse m'en retourner auprès de mon maître, car, si je tarde, il me tuera. Ahi ! Ahi !

En écoutant cette pathétique harangue, saint Nil, saint Autremoine et saint Jean le Nain se sentirent émus, et saint Médard se mit à pleurer, ce qui causa sur la terre une pluie de quarante jours.

Mais saint Nil dit au démon :

– Je ne puis t'aider, mon ami, et j'en ai regret ; mais il faudrait mettre la main à cette outre qui est une chose morte, et un verset de la très sainte Écriture défend de toucher aux choses mortes sous peine de rester impur.

Saint Autremoine dit au démon :

– Je ne puis t'aider, mon ami, et j'en ai regret ; mais je considère que ce serait une bonne action, et les bonnes actions ayant l'inconvénient de pousser à la vanité celui qui les fait, je m'abstiens d'en faire pour conserver l'humilité.

Saint Jean dit au démon :

– Je ne puis t'aider, mon ami, et j'en ai regret ; mais, comme tu le vois, je suis si petit que je ne pourrais atteindre à ta ceinture. Comment ferais-je pour te mettre cette charge sur les épaules ?

Saint Médard, tout en larmes, dit au démon :

– Je ne puis t'aider, mon ami, et j'en ai regret ; mais je suis si ému, vraiment, que j'ai les bras cassés.

Et ils continuèrent leur chemin.

Le diable enrageait.

– Voilà des animaux ! s'écria-t-il en regardant les saints s'éloigner. Quels vieux pédants ! sont-ils absurdes avec leurs grandes barbes ! ma parole d'honneur, ils sont encore plus bêtes que l'ange !

Lorsqu'un de nous enrage, il a du moins la ressource d'envoyer au diable celui qui l'irrite. Le diable n'a pas cette douceur. Aussi y a-t-il dans toutes ses colères une pointe qui rentre en lui-même et qui l'exaspère.

Comme il maugréait en fixant son œil plein de flamme et de fureur sur le ciel, son ennemi, voilà qu'il aperçoit dans les nuées un point noir. Ce noir grossit, ce point approche ; le diable regarde ; c'était un homme – c'était un chevalier armé et casqué – c'était un chrétien ayant la croix rouge sur la poitrine – qui tombait des nues.

– Que n'importe qui soit loué ! cria le démon en sautant de joie. Je suis sauvé. Voilà mon chrétien qui m'arrive ! Je n'ai pas pu venir à bout de quatre saints, mais ce serait bien le diable si je ne venais pas à bout d'un homme.

En ce moment-là, Pécopin, doucement déposé sur le rivage, mettait pied à terre.

Apercevant ce vieillard, lequel était là comme un esclave qui se repose à côté de son fardeau, il marcha vers lui et lui dit :

– Qui êtes-vous, l'ami, et où suis-je ?

Le diable se prit à geindre piteusement :

– Vous êtes au bord de la Mer Rouge, monseigneur, et moi je suis le plus malheureux des misérables.

Sur ce, il chanta au chevalier la même antienne qu'aux saints, le suppliant pour conclusion de l'aider à charger cette outre sur son dos.

Pécopin hocha la tête :

– Bonhomme, voilà une histoire peu vraisemblable.

– Mon bon seigneur, qui tombez du ciel, répondit le diable, la vôtre l'est encore moins, et pourtant elle est vraie.

– C'est juste, dit Pécopin.

– Et puis, reprit le démon, que voulez-vous que j'y fasse ? Si mes malheurs n'ont pas bonne apparence, est-ce ma faute ? Je ne suis qu'un pauvre de besace et d'esprit ; je ne sais pas inventer ; il faut bien que je compose mes gémissements avec mes aventures et je ne puis mettre dans mon histoire que la vérité. Telle viande, telle soupe.

– J'en conviens, dit Pécopin.

– Et puis enfin, poursuivit le diable, quel mal cela peut-il vous faire, à vous, mon jeune vaillant, d'aider un pauvre vieillard infirme à attacher cette outre sur mes épaules ?

Ceci parut concluant à Pécopin. Il se baissa, souleva de terre l'outre, qui se laissa faire sans difficulté, et, la soutenant entre ses bras, il s'apprêta à la poser sur le dos du vieillard qui se tenait courbé devant lui.

Un moment de plus, et c'était fait.

Le diable a des vices ; c'est là ce qui le perd. Il est gourmand. Il eut dans cette minute-là l'idée de joindre l'âme de Pécopin aux autres âmes qu'il allait emporter ; mais pour cela il fallait d'abord tuer Pécopin.

Il se mit donc à appeler à voix basse un esprit invisible auquel il commanda quelque chose en paroles obscures.

Tout le monde sait que, lorsque le diable dialogue et converse avec d'autres démons, il parle un jargon moitié italien, moitié espagnol. Il dit aussi çà et là quelques mots latins.

Ceci a été prouvé et clairement établi dans plusieurs rencontres et en particulier dans le procès du Dr Eugenio Torralva, lequel fut commencé à Valladolid le 10 janvier 1528 et convenablement terminé le 6 mai 1531 par l'auto-da-fé dudit docteur.

Pécopin savait beaucoup de choses. C'était, je vous l'ai dit, un cavalier d'esprit qui était homme à soutenir bravement une vespérie. Il avait des lettres. Il connaissait la langue du diable.

Or, à l'instant où il lui attachait l'outre sur l'épaule, il entendit le petit vieillard courbé dire tout bas : *Bamos, non cierra occhi, verbera, frappa, y echa la piedra.* Ceci fut pour Pécopin comme un éclair.

Un soupçon lui vint. Il leva les yeux, et il vit à une grande hauteur au-dessus de lui une pierre énorme que quelque géant invisible tenait suspendue sur sa tête.

Se rejeter en arrière, toucher de sa main gauche le talisman, saisir de la main droite son poignard et en percer l'outre avec une violence et une rapidité formidables, c'est ce que fit Pécopin, comme s'il eût été le tourbillon qui, dans la même seconde, passe, vole, tourne, brille, tonne et foudroie.

Le diable poussa un grand cri. Les âmes délivrées s'enfuirent par l'issue que le poignard de Pécopin venait de leur ouvrir, laissant dans l'outre leurs noirceurs, leurs crimes et leurs méchancetés, monceau hideux, verrue abominable qui, par l'attraction propre au démon, s'incrusta en lui, et, recouverte par la peau de l'outre, resta à jamais fixée entre ses deux épaules. C'est depuis ce jour-là qu'Asmodée est bossu.

Cependant, au moment où Pécopin se rejetait en arrière, le géant invisible avait laissé choir sa pierre, qui tomba sur le pied du diable et le lui écrasa. C'est depuis ce jour-là qu'Asmodée est boiteux.

1842

Alexandre DUMAS

LE BRACELET DE CHEVEUX

– Mon cher abbé, dit Alliette, j'ai la plus grande estime pour vous et la plus grande vénération pour Cazotte ; j'admire parfaitement l'influence de votre mauvais génie ; mais il y a une chose que vous oubliez et dont je suis, moi, un exemple : c'est que la mort ne tue pas la vie ; la mort n'est qu'un mode de transformation du corps humain ; la mort tue la mémoire, voilà tout. Si la mémoire ne mourait pas, chacun se souviendrait de toutes les pérégrinations de son âme, depuis le commencement du monde jusqu'à nous. La pierre philosophale n'est pas autre chose que ce secret ; c'est ce secret qu'avait trouvé Pythagore, et qu'ont retrouvé le comte de Saint-Germain et Cagliostro ; c'est ce secret que je possède à mon tour, et qui fait que mon corps mourra, comme je me rappelle positivement que cela lui est déjà arrivé quatre ou cinq fois, et encore, quand je dis que mon corps mourra, je me trompe, il y a certains corps qui ne meurent pas, et je suis de ceux-là.

– Monsieur Alliette, dit le docteur, voulez-vous d'avance me donner une permission ?

– Laquelle ?

– C'est de faire ouvrir votre tombeau un mois après votre mort.

– Un mois, deux mois, un an, dix ans, quand vous voudrez, docteur ; seulement, prenez vos précautions... car le mal que vous ferez à mon cadavre pourrait nuire à l'autre corps dans lequel mon âme serait entrée.

– Ainsi vous croyez à cette folie ?

– Je suis payé pour y croire ; j'ai vu.

– Qu'avez-vous vu ?... un de ces morts-vivants ?

– Oui.

– Voyons, monsieur Alliette, puisque chacun a raconté son histoire, racontez aussi la vôtre ; il serait curieux que ce fût la plus vraisemblable de la société.

– Vraisemblable ou non, docteur, la voici dans toute sa vérité. J'allais de Strasbourg aux eaux de Louesche. Vous connaissez la route, docteur ?

– Non ; mais qu'importe, allez toujours.

J'allais donc de Strasbourg aux eaux de Louesche, et je passai naturellement par Bâle, où je devais quitter la voiture publique pour prendre un voiturin.

Arrivé à l'hôtel de la Couronne, que l'on m'avait recommandé, je m'enquis d'une voiture et d'un voiturin, priant mon hôte de s'informer si quelqu'un dans la ville n'était point en disposition de faire la même route que moi ; alors il était chargé de proposer à cette personne une association qui devait naturellement rendre à la fois la route plus agréable et moins coûteuse.

Le soir, il revint, ayant trouvé ce que je demandais ; la femme d'un négociant bâlois, qui venait de perdre son enfant, âgé de trois mois qu'elle nourrissait elle-même, avait fait, à la suite de cette perte, une maladie pour laquelle on lui ordonnait les eaux de Louesche. C'était le premier enfant de ce jeune ménage marié depuis un an.

Mon hôte me raconta qu'on avait eu grand-peine à décider la femme à quitter son mari. Elle voulait absolument ou rester à Bâle ou qu'il vînt avec elle à Louesche ; mais, d'un autre côté, l'état de sa santé exigeant les eaux, tandis que l'état de leur commerce exigeait sa présence à Bâle, elle s'était décidée et partait avec moi le lendemain matin. Sa femme de chambre l'accompagnait.

Un prêtre catholique, desservant l'église d'un petit village des environs, nous accompagnait et occupait la quatrième place dans la voiture.

Le lendemain, vers huit heures du matin, la voiture vint nous prendre à l'hôtel ; le prêtre y était déjà. J'y montai à mon tour, et nous allâmes prendre la dame et sa femme de chambre.

Nous assistâmes, de l'intérieur de la voiture, aux adieux des deux époux, qui, commencés au fond de leur appartement, continuèrent dans le magasin et ne s'achevèrent que dans la rue.

Sans doute la femme avait quelque pressentiment, car elle ne pouvait se consoler. On eût dit que, au lieu de partir pour un voyage d'une cinquantaine de lieues, elle partait pour faire le tour du monde.

Le mari paraissait plus calme qu'elle, mais néanmoins était plus ému qu'il ne convenait raisonnablement pour une pareille séparation.

Nous partîmes enfin.

Nous avions naturellement, le prêtre et moi, donné les deux meilleures places à la voyageuse et à sa femme de chambre, c'est-à-dire que nous étions sur le devant et elles au fond.

Nous prîmes la route de Soleure, et le premier jour nous allâmes coucher à Mundischwyll. Toute la journée, notre compagne avait été tourmentée, inquiète. Le soir, ayant vu passer une voiture de retour, elle voulait reprendre le chemin de Bâle. Sa femme de chambre parvint cependant à la décider à continuer sa route.

Le lendemain, nous nous mîmes en route vers neuf heures du matin. La journée était courte, nous ne comptions pas aller plus loin que Soleure.

Vers le soir, et comme nous commencions d'apercevoir la ville, notre malade tressaillit.

– Ah ! dit-elle, arrêtez, on court après nous.

Je me penchai hors de la portière.

– Vous vous trompez, madame, répondis-je, la route est parfaitement vide.

– C'est étrange, insista-t-elle. J'entends le galop d'un cheval.

Je crus avoir mal vu. Je sortis plus avant hors de la voiture.

– Personne, madame, lui dis-je.

Elle regarda elle-même et vit comme moi la route déserte.

– Je m'étais trompée, dit-elle en se rejetant au fond de la voiture ; et elle ferma les yeux comme une femme qui veut concentrer sa pensée en elle-même.

Le lendemain nous partîmes à cinq heures du matin. Cette fois la journée était longue. Notre conducteur vint coucher à Berne à la même heure que la veille, c'est-à-dire vers cinq heures, notre compagne sortit d'une espèce de sommeil où elle était plongée, et étendant le bras vers le cocher :

– Conducteur, dit-elle, arrêtez. Cette fois j'en suis sûre, on court après nous.

– Madame se trompe, répondit le cocher. Je ne vois que les trois paysans qui viennent de nous croiser, et qui suivent tranquillement leur chemin.

– Oh ! mais j'entends le galop du cheval.

Ces paroles étaient dites avec une telle conviction, que je ne pus m'empêcher de regarder derrière nous.

Comme la veille, la route était absolument déserte.

– C'est impossible, madame, répondis-je, je ne vois pas de cavalier.

– Comment se fait-il que vous ne voyiez point de cavalier, puisque je vois, moi, l'ombre d'un homme et d'un cheval ?

Je regardai dans la direction de sa main, et je vis en effet l'ombre d'un cheval et d'un cavalier. Mais je cherchai inutilement les corps auxquels les ombres appartenaient.

Je fis remarquer cet étrange phénomène au prêtre, qui se signa.

Peu à peu cette ombre s'éclaircit, devint d'instant en instant moins visible, et enfin disparut tout à fait.

Nous entrâmes à Berne.

Tous ces présages paraissaient fatals à la pauvre femme ; elle disait sans cesse qu'elle voulait retourner, et cependant elle continuait son chemin.

Soit inquiétude morale, soit progrès naturel de la maladie, en arrivant à Thun, la malade se trouva si souffrante, qu'il lui fallut continuer son chemin en litière. Ce fut ainsi qu'elle traversa le Kander-Thal et le Gemmi. En arrivant à Louesche, un érysipèle se déclara et pendant plus d'un mois elle fut sourde et aveugle.

Au reste, ses pressentiments ne l'avaient pas trompée ; à peine avait-elle fait vingt lieues que son mari avait été pris d'une fièvre cérébrale.

La maladie avait fait des progrès si rapides, que, le même jour, sentant la gravité de son état, il avait envoyé un homme à cheval pour prévenir sa femme et l'inviter à revenir. Mais entre Lauffen et Breinteinbach, le cheval s'était abattu, et le cavalier étant tombé, sa tête avait donné contre une pierre, et il était resté dans une auberge, ne pouvant rien pour celui qui l'avait envoyé que de le faire prévenir de l'accident qui était arrivé.

Alors on avait envoyé un autre courrier ; mais sans doute il y avait une fatalité sur eux ; à l'extrémité du Kander-Thal, il avait quitté son cheval et pris un guide pour monter le plateau de Schwalbach, qui sépare l'Oberland du Valais, quand, à moitié chemin, une avalanche roulant du mont Attels l'avait entraîné avec elle dans un abîme ; le guide avait été sauvé comme par miracle.

Pendant ce temps, le mal faisait des progrès terribles. On avait été obligé de raser la tête du malade, qui portait des cheveux très longs, afin de lui appliquer de la glace sur le crâne. A partir de ce moment, le moribond n'avait plus conservé aucun espoir, et dans un moment de calme il avait écrit à sa femme :

« Chère Bertha,

Je vais mourir, mais je ne veux pas me séparer de toi tout entier. Fais-toi faire un bracelet des cheveux qu'on vient de me couper et que je fais mettre à part. Porte-le toujours, et il me semble qu'ainsi nous serons encore réunis.

Ton Frédérick. »

Puis il avait remis cette lettre à un troisième exprès, à qui il avait ordonné de partir aussitôt qu'il serait expiré.

Le soir même il était mort. Une heure après sa mort, l'exprès était parti, et, plus heureux que ses deux prédécesseurs, il était, vers la fin du cinquième jour, arrivé à Louesche.

Mais il avait trouvé la femme aveugle et sourde ; au bout d'un mois seulement, grâce à l'efficacité des eaux, cette double infirmité avait commencé à disparaître. Ce n'était qu'un autre mois écoulé qu'on avait osé apprendre à la femme la fatale nouvelle à laquelle du reste les différentes visions qu'elle avait eues l'avaient préparée. Elle était restée un dernier mois pour se remettre complètement ; enfin, après trois mois d'absence, elle était repartie pour Bâle.

Comme, de mon côté, j'avais achevé mon traitement, que l'infirmité pour laquelle j'avais pris les eaux, et qui était un rhumatisme, allait beaucoup mieux, je lui demandai la permission de partir avec elle, ce qu'elle accepta avec reconnaissance, ayant trouvé en moi une personne à qui parler de son mari, que je n'avais fait qu'entrevoir au moment du départ, mais enfin que j'avais vu.

Nous quittâmes Louesche, et, le cinquième jour, au soir, nous étions de retour à Bâle.

Rien ne fut plus triste et plus douloureux que la rentrée de cette pauvre veuve dans sa maison ; comme les deux jeunes époux étaient seuls au monde, le mari mort, on avait fermé le magasin, le commerce avait cessé comme cesse le mouvement lorsqu'une pendule s'arrête. On envoya chercher le médecin qui avait soigné le malade, les différentes personnes qui l'avaient assisté à ses derniers moments, et, par eux, en quelque sorte, on ressuscita cette agonie, on reconstruisit cette mort déjà presque oubliée chez ces cœurs indifférents.

Elle redemanda au moins les cheveux que son mari lui léguait.

Le médecin se rappela bien avoir ordonné qu'on les lui coupât ; le barbier se souvint bien d'avoir rasé le malade, mais voilà tout. Les cheveux avaient été jetés au vent, dispersés, perdus.

La femme fut désespérée ; ce seul et unique désir du moribond, qu'elle portât un bracelet de ses cheveux, était donc impossible à réaliser.

Plusieurs nuits s'écoulèrent : nuits profondément tristes, pendant lesquelles la veuve, errante dans la maison, semblait bien plutôt une ombre elle-même qu'un être vivant.

A peine couchée, ou plutôt à peine endormie, elle sentait son bras droit tomber dans l'engourdissement, et elle ne se réveillait qu'au moment où cet engourdissement lui semblait gagner le cœur.

Cet engourdissement commençait au poignet, c'est-à-dire à la place où aurait dû être le bracelet de cheveux, et où elle sentait une pression pareille à celle d'un bracelet de fer trop étroit ; et du poignet, comme nous l'avons dit, l'engourdissement gagnait le cœur.

Il était évident que le mort manifestait son regret de ce que ses volontés avaient été mal suivies.

La veuve comprit ces regrets qui venaient de l'autre côté de la tombe. Elle résolut d'ouvrir la fosse, et si la tête de son mari n'avait pas été entièrement rasée, d'y recueillir assez de cheveux pour réaliser son dernier désir.

En conséquence, sans rien dire de ses projets à personne, elle envoya chercher le fossoyeur.

Mais le fossoyeur qui avait enterré son mari était mort. Le nouveau fossoyeur, entré en exercice depuis quinze jours seulement, ne savait pas où était la tombe.

Alors, espérant une révélation – elle qui, par la double apparition du cheval, du cavalier, elle qui, par la pression du bracelet, avait droit de croire aux prodiges – elle se rendit au cimetière, s'assit sur un tertre couvert d'herbe verte et vivace comme il en pousse sur les tombes, et là elle invoqua quelque nouveau signe auquel elle pût se rattacher pour ses recherches.

Une danse macabre était peinte sur le mur de ce cimetière. Ses yeux s'arrêtèrent sur la Mort et se fixèrent longtemps sur cette figure railleuse et terrible à la fois.

Alors il lui sembla que la Mort levait son bras décharné, et du bout de ses doigts osseux désignait une tombe au milieu des dernières tombes.

La veuve alla droit à cette tombe, et quand elle y fut, il lui sembla voir bien distinctement la Mort qui laissait retomber son bras à la place primitive.

Alors elle fit une marque à la tombe, alla chercher le fossoyeur, le ramena à l'endroit désigné, et lui dit :

– Creusez, c'est ici !

J'assistais à cette opération. J'avais voulu suivre cette merveilleuse aventure jusqu'au bout.

Le fossoyeur creusa.

Arrivé au cercueil, il leva le couvercle. D'abord il avait hésité ; mais la veuve lui avait dit d'une voix ferme :

– Levez, c'est le cercueil de mon mari.

Il obéit donc, tant cette femme savait inspirer aux autres la confiance qu'elle possédait elle-même.

Alors apparut une chose miraculeuse et que j'ai vue de mes yeux. Non seulement le cadavre était celui de son mari, non seulement ce cadavre, à la pâleur près, était tel que de son vivant, mais encore depuis qu'ils avaient été rasés, c'est-à-dire depuis le jour de sa mort, ses cheveux avaient poussé de telle sorte qu'ils sortaient comme des racines par toutes les fissures de la bière.

Alors la pauvre femme se pencha vers ce cadavre, qui semblait seulement endormi ; elle le baisa au front, coupa une mèche de ses longs cheveux si merveilleusement poussés sur la tête d'un mort, et en fit faire un bracelet.

Depuis ce jour, l'engourdissement nocturne cessa. Seulement, chaque fois qu'elle était prête à courir quelque grand danger, une douce pression, une amicale étreinte du bracelet l'avertissait de se tenir sur ses gardes.

– Eh bien ! Croyez-vous que ce mort fût réellement mort ? que ce cadavre fût bien un cadavre ? Moi, je ne le crois pas.

– Et, demanda la dame pâle avec un timbre si singulier qu'il nous fit tressaillir tous dans cette nuit où l'absence de lumière nous avait laissés, vous n'avez pas entendu dire que ce cadavre fût jamais sorti du tombeau, vous n'avez pas entendu dire que personne eût eu à souffrir de sa vue et de son contact ?

– Non, dit Alliette, j'ai quitté le pays.

– Ah ! dit le docteur, vous avez tort, monsieur Alliette, d'être de si facile composition. Voici madame Grégoriska qui était toute prête à faire de votre bon marchand de Bâle en Suisse un vampire polonais, valaque ou hongrois [1].

1849

1. A. Dumas enchaîne ensuite sur le récit de Mme Grégoriska intitulé *Les Monts carpathes*. *(N.d.É.)*

Oscar WILDE

LE PRINCE HEUREUX

Juchée sur sa majestueuse colonne, la statue du Prince heureux dominait la ville. Il était entièrement recouvert de feuilles d'or fin, deux saphirs étincelants remplaçaient ses yeux, et un énorme rubis rouge brillait au pommeau de son épée.

En vérité on l'admirait beaucoup.

– Il est aussi beau qu'une girouette, faisait remarquer l'un des conseillers de la ville qui désirait se forger une réputation d'amateur d'art.

« Hélas, il n'est pas aussi utile, ajoutait-il, de crainte que les gens ne lui reprochent un manque de sens pratique, dont il n'était assurément point dépourvu.

– Pourquoi donc ne ressembles-tu pas au Prince heureux ? demandait une mère pleine de bon sens à son petit garçon qui pleurait toutes les larmes de son corps. Le Prince heureux, lui, n'aurait jamais l'idée de pleurer.

– Je suis ravi de constater qu'il est dans ce monde quelqu'un de parfaitement heureux, murmurait un homme abattu en contemplant la merveilleuse statue.

– On dirait vraiment un ange ! s'exclamaient les petits orphelins en sortant de la cathédrale vêtus de leur cape écarlate et de leur sarrau immaculé.

– Qu'en savez-vous ? tempêtait le Maître de Mathématiques, vous n'en avez jamais vu.

– Mais si, dans nos rêves, rétorquaient les enfants.

Alors le Maître de Mathématiques fronçait les sourcils et prenait un air fort sévère, car il n'aimait pas que les enfants rêvent.

Une nuit, il advint qu'une petite Hirondelle survola la ville. Ses compagnes étaient parties pour l'Égypte depuis six semaines déjà, mais elle était restée à la traîne pour l'amour d'un Roseau des plus beaux. Elle l'avait rencontré au début du printemps alors qu'elle descendait le fleuve à la poursuite d'une grosse phalène jaune ; la taille fine du Roseau l'avait fascinée au point qu'elle s'était arrêtée pour lui parler.

– Me laisseras-tu t'aimer ? demanda l'Hirondelle qui ne s'embarrassait point de détours, et le Roseau effectua une profonde révérence.

Alors elle se mit à décrire des cercles, effleurant l'eau du bout des ailes et faisant naître de petites rides d'argent. C'était sa façon de lui faire la cour, et le manège dura jusqu'à la fin de l'été.

– Quelle ridicule foucade, pépiaient les autres Hirondelles. Il n'a pas le sou, et une famille beaucoup trop nombreuse.

De fait, le fleuve pullulait de roseaux. Puis vint l'automne, et toutes s'en furent.

Après leur départ notre Hirondelle se sentit bien seule et commença à se lasser de son amoureux. « Il n'a aucune conversation, pensait-elle, et je crains qu'il ne soit un rien léger, car il ne cesse de flirter avec la brise. »

Effectivement, au moindre souffle de vent, le Roseau exécutait de fort gracieuses révérences. « Je comprends qu'il soit casanier, poursuivait-elle, mais j'adore les voyages et par conséquent mon mari se doit de les aimer aussi. »

– Veux-tu m'accompagner ? finit-elle par demander, mais le Roseau secoua la tête, il était trop attaché à son chez-soi.

– Tu t'es joué de moi, s'écria-t-elle. Je pars pour les Pyramides. Adieu !

Et aussitôt elle s'envola.

Elle vola tout le jour, et le soir venu arriva à la ville.

– Où pourrais-je m'installer pour la nuit ? se demanda-t-elle, j'espère que la ville a prévu quelque chose.

C'est alors qu'elle aperçut la statue juchée sur sa colonne.

– Je vais m'installer là-haut, s'écria-t-elle. C'est bien situé et je n'y manquerai pas d'air.

Et elle se posa donc entre les pieds du Prince heureux.

– J'ai une chambre dorée à l'or fin, murmura-t-elle en regardant autour d'elle et en se préparant à dormir.

Mais au moment où elle nichait sa tête sous son aile, une grosse goutte lui tomba dessus.

– Quelle chose étrange, s'écria-t-elle, il n'y a pas l'ombre d'un nuage dans le ciel, les étoiles brillent de tout leur éclat, et pourtant il pleut. Le climat du nord de l'Europe est vraiment affreux. Certes le Roseau aimait la pluie, mais c'était pur égoïsme.

C'est alors qu'une autre goutte tomba.

– A quoi sert donc une statue qui n'est pas capable de vous protéger de la pluie, dit-elle. Il me faut trouver une bonne cheminée, et elle décida de partir.

Mais avant qu'elle eût déployé ses ailes, une troisième goutte tomba et elle leva les yeux, et vit. Ah, que vit-elle ?

Les yeux du Prince heureux étaient gonflés de larmes, et d'autres larmes inondaient ses joues dorées. Son visage éclairé par la lune était si beau que la petite Hirondelle se sentit envahie de pitié.

– Qui es-tu ? demanda-t-elle.

– Je suis le Prince heureux.

– Pourquoi pleures-tu, alors ? Tu m'as toute trempée.

– Quand je vivais et avais un cœur humain, j'ignorais ce qu'étaient les larmes car j'habitais le Palais de Sans-Souci où le chagrin n'a pas droit de cité. Le jour je jouais dans le parc avec mes amis, et le soir je conduisais le bal dans le Grand Salon. Le parc était ceint d'un très haut mur, et jamais je ne me souciais de m'enquérir de ce qui se trouvait de l'autre côté, tout ce qui m'entourait était si beau. Mes courtisans m'appelaient le Prince heureux, et heureux en vérité je l'étais si plaisir égale bonheur. C'est ainsi que je vécus et ainsi que je mourus. Mais à présent que je suis mort, on m'a installé si haut que je vois toute la laideur et tout le malheur de cette ville, et bien que mon cœur soit de plomb, je ne puis m'empêcher de pleurer.

« Quoi ! Il n'est pas d'or massif ? » pensa l'Hirondelle, trop bien élevée pour faire pareille remarque à voix haute.

– Loin d'ici, poursuivit la statue d'une voix douce et musicale, loin d'ici au fond d'une ruelle se trouve une pauvre masure. L'une des fenêtres est ouverte et j'aperçois une femme assise à la table. Elle a le visage émacié et fatigué, ses mains sont rêches et rougies, piquées en maint endroit par des coups d'aiguille car elle est couturière. Elle brode des fleurs de la passion sur la robe de satin que la plus jolie des demoiselles d'honneur de la reine doit porter au prochain bal de la Cour. Son petit garçon est alité dans un coin de la pièce, il est malade. Il a la fièvre et réclame des oranges. Comme sa mère n'a rien d'autre à lui donner que l'eau de la rivière, il pleure. Hirondelle, Hirondelle, petite Hirondelle, ne veux-tu pas lui porter le rubis qui orne mon épée ? J'ai les pieds fixés à ce socle et ne puis bouger.

– On m'attend en Égypte, répondit l'Hirondelle. Mes amies parcourent le Nil et bavardent avec les immenses fleurs de lotus. Bientôt elles iront dormir dans la tombe du Grand Roi. Le Roi lui-même y repose dans son sarcophage décoré de peintures. Il est enveloppé de bandelettes jaunes et embaumé d'épices. Autour de son cou pend un collier de jade d'un vert très pâle, et ses mains ressemblent à des feuilles flétries.

– Hirondelle, Hirondelle, petite Hirondelle, reprit le Prince, ne veux-tu pas passer la nuit avec moi et être mon messager ? L'enfant a tellement soif, et sa mère est si triste.

– A dire vrai je n'aime pas les enfants, répondit l'Hirondelle. L'été dernier, alors que je séjournais près du fleuve, les fils du meunier, deux garnements mal élevés, n'ont cessé de me lancer des pierres. Oh, sans m'atteindre, bien sûr. Nous autres hirondelles volons beaucoup trop bien, et puis je suis issue d'une famille célèbre pour son agilité ; néanmoins, quel manque de respect.

Pourtant le Prince heureux avait l'air si triste que la petite Hirondelle en fut tout émue.

– Il fait très froid ici, dit-elle, mais je vais rester à tes côtés cette nuit, et je serai ta messagère.

– Merci, petite Hirondelle, merci.

Alors l'Hirondelle retira le superbe rubis du pommeau de l'épée du Prince et, le tenant dans son bec, s'envola au-dessus des toits de la ville.

Elle dépassa la tour de la cathédrale et ses anges sculptés de marbre blanc, puis le palais où le bal battait son plein. Une belle jeune fille sortit sur le balcon en compagnie de son soupirant.

– Admire la beauté des étoiles, murmura-t-il, admire le pouvoir de l'amour.

– J'espère que ma robe sera prête à temps pour le bal de la Cour, répondit-elle. J'ai demandé que l'on y brode des fleurs de la passion, mais ces couturières sont si fainéantes.

Elle survola le fleuve et aperçut les lanternes accrochées aux mâts des navires, puis le ghetto où de vieux juifs se querellaient en pesant de l'or sur une balance en cuivre. Elle finit par arriver à la masure et jeta un coup d'œil à l'intérieur. L'enfant, brûlant de fièvre, s'agitait sur son lit et la mère s'était assoupie, tant grande était sa fatigue. Elle entra en sautillant et déposa le superbe rubis sur la table, à côté du dé à coudre de la pauvre femme. Puis elle battit doucement des ailes près de la paillasse pour éventer le front du petit garçon.

– Que c'est bon, j'ai moins chaud, je dois aller mieux, murmura l'enfant avant de sombrer dans un sommeil paisible.

Puis l'Hirondelle s'en alla retrouver le Prince et lui narrer ce qu'elle avait fait.

– C'est étrange, s'étonna-t-elle, il a beau faire froid, j'ai chaud au cœur.

– C'est parce que tu as accompli une bonne action, dit le Prince.

Alors la petite Hirondelle se mit à réfléchir et s'endormit aussitôt. Réfléchir la faisait immanquablement dormir.

Dès l'aube, elle s'en fut au fleuve prendre un bain.

– Quel phénomène extraordinaire ! s'exclama le Maître d'Ornithologie qui passait sur le pont, une hirondelle en hiver !

Et d'écrire une longue lettre à ce sujet au journal local. Et tout le monde de la citer, tant elle contenait de mots que personne ne comprenait.

– Ce soir, je pars pour l'Égypte, déclara l'Hirondelle, et cette pensée la remplit d'enthousiasme.

Elle visita tous les monuments publics et resta longuement posée sur le clocher de l'église. Partout où elle passait les moineaux gazouillaient en murmurant : « Quelle distinction, cette inconnue », et ces compliments la comblaient d'aise.

Dès que la lune apparut, elle s'en alla retrouver le Prince heureux.

– As-tu un message à porter en Égypte ? je m'en vais.

– Hirondelle, Hirondelle, petite Hirondelle, ne veux-tu pas passer une nuit de plus avec moi ?

– On m'attend en Égypte. Demain mes amies remonteront le Nil jusqu'à la seconde cataracte. L'hippopotame y dort au milieu des ajoncs et sur son immense siège de granit trône le Dieu Memnon. Toute la nuit il observe le firmament et quand brille l'étoile du matin, il pousse un cri de joie et se mure dans le silence. A midi les lions jaunes descendent boire au bord de l'eau. Leurs yeux sont de vertes opales et leur rugissement couvre le grondement de la cataracte.

– Hirondelle, Hirondelle, petite Hirondelle, loin d'ici, de l'autre côté de la ville, j'aperçois un jeune homme dans une soupente. Il est penché sur un bureau couvert de papiers, et dans une timbale à ses côtés se trouve un bouquet de violettes fanées. Il a des boucles brunes, les lèvres très rouges, et de grands yeux rêveurs. Il essaie d'achever une pièce pour le Directeur du Théâtre, mais il a trop froid pour continuer d'écrire. Il n'y a plus de feu dans le poêle, et la faim l'a fait défaillir.

– Je vais rester avec toi une nuit de plus, dit l'Hirondelle qui avait décidément bon cœur. Veux-tu que je lui porte un autre rubis ?

– Hélas, je n'ai plus de rubis à présent, il ne me reste que mes yeux. Ils sont faits de saphirs précieux rapportés des Indes il y a plus de mille ans. Arrache-m'en un et porte-le-lui. Il le vendra au joaillier, achètera du bois pour le feu, et terminera sa pièce.

– Mon cher Prince, je ne saurais faire une chose pareille, dit l'Hirondelle en se mettant à pleurer.

– Hirondelle, Hirondelle, petite Hirondelle, fais ce que je te demande.

Alors l'Hirondelle arracha l'œil du Prince et s'envola vers la soupente de l'étudiant. Elle n'eut guère de peine pour y entrer car il y avait un trou dans le toit. Elle s'y engouffra et arriva dans la pièce. Le jeune homme avait la tête enfouie dans les mains, si bien qu'il n'entendit pas les battements d'ailes de l'oiseau, et quand il releva la tête il trouva le magnifique saphir posé sur les violettes fanées.

– On commence à apprécier mon talent, s'écria-t-il, l'air heureux, c'est là le cadeau d'un admirateur. A présent je puis achever ma pièce.

Le lendemain l'Hirondelle descendit jusqu'au port. Elle se posa au sommet du mât d'un grand navire et observa les marins hisser d'énormes coffres qu'ils sortaient de la cale en s'aidant de grosses cordes et en criant « oh hisse, oh hisse ».

– Je pars pour l'Égypte ! s'égosilla l'Hirondelle sans que personne l'écoute, et lorsque la lune se leva, elle rejoignit le Prince heureux.

– Je suis venue te dire au revoir.

– Hirondelle, Hirondelle, petite Hirondelle, ne veux-tu pas passer une nuit de plus avec moi ?

– C'est l'hiver, le froid et la neige seront bientôt là. En Égypte le soleil réchauffe les verts palmiers, et les crocodiles paressent dans le marigot en regardant le temps passer. Mes compagnes construisent leur nid dans le Temple de Baalbek, et les colombes roses et blanches les observent en roucoulant. Cher Prince, il me faut te quitter, mais jamais je ne t'oublierai, et au printemps prochain je te rapporterai deux magnifiques joyaux pour remplacer ceux que tu as donnés. Le rubis sera plus rouge qu'une rose rouge, et le saphir aussi bleu que l'immensité de l'océan.

– Dans le square à nos pieds, j'aperçois une petite fille aux allumettes. Elle a fait tomber ses allumettes dans le caniveau, et elles sont toutes mouillées. Son père la battra si elle ne rapporte pas quelque argent, alors elle pleure. Elle n'a ni chaussures, ni bas, et elle va tête nue. Arrache mon autre œil et donne-le-lui, ainsi son père ne la battra pas.

– Je vais rester avec toi une nuit de plus, dit l'Hirondelle, mais je ne saurais t'arracher l'œil, tu serais alors complètement aveugle.

– Hirondelle, Hirondelle, petite Hirondelle, fais ce que je te demande.

Elle arracha donc l'autre œil du Prince et fila vers le square. Elle fondit sur la petite fille aux allumettes et lui glissa le saphir dans la main.

– Quel joli morceau de verre ! s'exclama la gamine avant de rejoindre son logis en courant et en riant aux éclats.

Alors l'Hirondelle retourna auprès du Prince.

– Maintenant que te voilà aveugle, je ne te quitterai plus.

– Non, petite Hirondelle. Il te faut regagner l'Égypte.

– Je ne te quitterai plus, répéta l'Hirondelle, et elle s'endormit aux pieds du Prince.

Le jour suivant elle resta perchée sur l'épaule du Prince et lui raconta ce qu'elle avait vu dans d'étranges contrées. Elle lui parla des ibis rouges qui se pressent au bord du Nil et attrapent des poissons dorés dans leur bec ; du Sphinx aussi âgé que le monde lui-même, qui vit dans le désert et connaît tous les secrets ; des marchands qui marchent lentement au pas de leurs chameaux et portent des colliers d'ambre ; du Roi des montagnes de la Lune qui est noir comme l'ébène et vénère un énorme cristal ; du grand serpent vert qui dort dans un palmier et que vingt prêtres nourrissent de miel et de gâteaux ; des pygmées enfin qui parcourent un lac immense sur de grandes feuilles plates et sans cesse se chamaillent avec les papillons.

– Chère petite Hirondelle, tes histoires me bouleversent, mais les souffrances des hommes et des femmes me bouleversent plus encore. Nul mystère n'est aussi sublime que le malheur. Survole ma ville, petite Hirondelle, et rapporte-moi ce que tu vois.

L'Hirondelle survola donc la grande ville et vit les riches faire la fête dans leurs somptueuses demeures tandis que les mendiants attendaient à la porte. Elle s'enfonça dans les sombres ruelles et vit le visage blême des enfants affamés qui contemplaient la rue sombre d'un regard vide. Sous l'arche d'un pont deux petits garçons blottis dans les bras l'un de l'autre tentaient de se réchauffer en répétant :

– Dieu que j'ai faim !

– Vous ne pouvez pas rester là, c'est interdit ! hurla le veilleur de nuit en les chassant sous la pluie.

Alors l'Hirondelle s'en retourna raconter au Prince ce qu'elle avait vu.

– Je suis recouvert d'or fin. Il te faut le retirer feuille à feuille et l'apporter à mes pauvres. Les hommes s'imaginent toujours que l'or peut les rendre heureux.

Alors, une feuille après l'autre, l'Hirondelle arracha l'or fin jusqu'à ce que le Prince heureux devînt terne et gris. Une feuille après l'autre elle porta l'or aux pauvres, et le visage des enfants retrouva des couleurs, et ils se remirent à rire et à jouer dans la rue en criant :

– Nous avons du pain à présent !

Puis la neige arriva, et après la neige vint le froid. On eût dit que les rues étaient d'argent tant elles brillaient et étincelaient ; de longs stalactites, telles des dagues de cristal, pendaient au pignon des maisons ; les gens s'emmitouflaient dans leurs fourrures, et les enfants portaient des casquettes écarlates et patinaient sur la glace.

La pauvre petite Hirondelle avait de plus en plus froid, mais elle refusait d'abandonner le Prince, elle l'aimait trop. Elle ramassait les miettes de pain tombées devant la porte du boulanger quand celui-ci avait le dos tourné, et essayait de se réchauffer en battant des ailes.

Pourtant à la fin, elle sut qu'elle allait mourir. Il lui resta juste assez de forces pour aller se poser une dernière fois sur l'épaule du Prince.

– Adieu, cher Prince, murmura-t-elle, me laisseras-tu t'embrasser la main ?

– Je suis heureux que tu partes enfin pour l'Égypte, petite Hirondelle. Tu n'es restée que trop longtemps ici, mais je veux que tu m'embrasses sur les lèvres, car je t'aime.

– Ce n'est pas en Égypte que je vais, dit l'Hirondelle. Je vais rejoindre la Maison des Morts. La Mort est la sœur du sommeil, n'est-ce pas ?

Et elle embrassa le Prince heureux sur les lèvres avant de tomber morte à ses pieds.

A cet instant un étrange craquement se fit entendre à l'intérieur de la statue, comme si quelque chose se brisait. En fait le cœur de plomb avait éclaté en deux. Le gel était assurément des plus terribles.

Tôt le lendemain matin, le Maire se promenait dans le square en compagnie des Conseillers. En passant devant la colonne, il leva les yeux vers la statue.

– Mon Dieu ! s'écria-t-il. Le Prince heureux est en fort piteux état !

– En fort piteux état en vérité, renchérirent les Conseillers qui jamais ne contredisaient le Maire.

Et ils s'approchèrent.

– Le rubis de son épée est tombé, il a perdu ses yeux, et toute sa dorure. Il est à peine plus présentable qu'un clochard, dit le Maire.

– A peine plus présentable qu'un clochard, reprirent en chœur les Conseillers.

– Et en plus, il y a un oiseau mort à ses pieds. Il nous faut prendre un arrêté interdisant aux oiseaux de venir mourir ici, poursuivit le Maire, suggestion dont le Secrétaire prit aussitôt bonne note.

– Puisqu'il n'est plus beau, il n'est plus d'aucune utilité, déclara le Maître des Arts.

Et l'on fit donc abattre la statue du Prince heureux avant de la faire fondre dans un four.

Le Maire tint alors une réunion du Conseil afin de décider ce qu'il convenait de faire du métal.

– Nous devons ériger une autre statue bien sûr, déclara-t-il. Ce sera une statue à mon image.

– Non, à mon image, hurla à son tour chacun des Conseillers, et ils se mirent à se quereller.

Aux dernières nouvelles, ils se querellaient toujours.

– Quelle chose étrange ! dit le contremaître de la fonderie. Ce cœur de plomb refuse de fondre dans le four. Jetons-le.

Alors on le jeta sur la décharge où reposait également l'Hirondelle morte.

– Rapporte-moi les deux choses les plus précieuses que tu trouveras dans cette ville, commanda Dieu à l'un de ses Anges ; et l'Ange Lui rapporta le cœur de plomb et l'oiseau mort.

– Tu as bien choisi, dit Dieu, car dans mon Jardin d'Éden ce petit oiseau jamais ne cessera de gazouiller, et dans ma cité d'or, le Prince heureux chantera mes louanges.

1888

Titre original : *The Happy Prince*
(Traduit par Jean-Pierre Roblain)

Claude FARRÈRE

LES DEUX MASQUES DE CIRE

A feu Monsieur le duc de Saint-Simon.

L'an 1709, Monsieur le duc d'Anjou fut roi d'Espagne. En cet honneur, il y eut, le dernier dimanche de novembre, grand bal chez le Roi ; grand bal paré et masqué. Et l'on usa pour cette réjouissance des masques de cire récemment imaginés par je ne sais quel petit garçon, qui comptait bien en faire fortune. L'invention, au reste, était plaisante. Voici ce qu'il en était : des modeleurs adroits avaient pris l'empreinte de tous les visages de la Cour ; et, des masques ainsi faits (masques de cire, soigneusement coloriés à l'exacte ressemblance des visages naturels), chacun avait couvert son propre visage ; mais, bien entendu, de telle sorte qu'il y eût complète et redoutable confusion ; que Madame de Cossé portât l'apparence de Madame de Verceil ; et que le comte de Thorne cachât ses traits sous ceux du duc de Saint-Simon. C'était là de quoi fournir ample matière à toutes les méprises, voire à quelques pittoresques intrigues. On s'amusa beaucoup ; on se fourvoya davantage ; et, finalement, quelques maris, après la fête, furent contraints d'appeler quelques galants... Mais cet épilogue ne fit point de bruit. D'autant que le Roi n'aimait pas les estocades.

Or, à cette fête s'étaient signalés particulièrement Messieurs de Bouligneux et de Wartigny qui, après s'être tous deux amusés comme des fous, n'imaginèrent rien de mieux qu'une mascarade aux flambeaux, laquelle, sortie du château, s'alla promener par toute la ville, y semant le fracas et le tumulte. Ce fut tout à fait gai. On dut même, le lendemain, graisser la patte à la prévôté pour qu'un trop grand éclat n'en revînt pas au lieutenant de police. Et rien ne s'ensuivit, sauf, pour les deux héros de l'aventure, un surcroît de joyeuse renommée, dont ils se montrèrent assez fiers.

Ce qui n'empêcha pas, trois ou quatre ans plus tard, la guerre ayant éclaté dès 1701, comme chacun sait, Messieurs de Wartigny et de Bouligneux d'être tués l'un et l'autre, celui-ci en Languedoc, sous les ordres de Monsieur le Maréchal de Montrevel, contre le huguenot rebelle Cavalier, et celui-là à Blenheim contre Marlborough, sous ces deux pauvres sires, Tallart et Marsin. Monsieur de Wartigny fut d'ailleurs le plus maltraité par le sort : tombé de cheval, après un coup de mousquet qui lui avait traversé la poitrine, il fut traîné par la bête, perdue de peur, un des étriers le tirant par la jambe. En sorte que, quand on le releva, il n'était qu'une plaie. Plus heureux dans son malheur, Monsieur de Bouligneux fut tué raide par trois balles que lui tirèrent les camisards à bout portant, tandis qu'il chevauchait à l'aveuglette dans je ne sais quelle garrigue des Cévennes. Il n'importe d'ailleurs pas beaucoup, puisque, ces deux seigneurs étant morts tous deux en gens de cœur, leurs descendants peuvent et pourront toujours, en toute sûreté, s'enorgueillir du nom dont ils ont hérité.

Mais les deux masques de cire qu'on avait naguère moulés d'après leurs visages vivants, et peints, comme j'ai dit, à leur exacte ressemblance – masques qui n'avaient été portés qu'une fois pour le bal déjà cité –, ces deux masques-là demeuraient toujours à Versailles dans l'un des magasins de mascarade. Si bien qu'on les trouva tout naturellement quand, assez longtemps après, le Roi voulut célébrer une quelconque victoire décisive qu'avait remportée Monsieur de Berwick en Castille, à moins que ce ne fût Monsieur de Villars dans les Allemagnes.

A cette occasion, il y eut encore grand bal à la Cour ; grand bal paré et masqué. Pour cette réjouissance, on usa derechef des masques de cire jadis employés déjà. Et il advint ceci : que les deux masques à la ressemblance de feu Messieurs de Bouligneux et de Wartigny furent alors distribués parmi la foule des autres, ni plus ni moins que si les deux modèles eussent encore été bien vivants et prêts à se réjouir, au lieu d'être, comme ils étaient depuis belle lurette, morts et enterrés, l'un dans le champ communal d'un village de Bavière et l'autre quelque part entre Anduze et Alais.

Deux fort honnêtes gentilshommes, Messieurs de Saulx et de Folard, reçurent donc lesdits masques et s'en masquèrent. Le bon de l'affaire était que jamais Monsieur de Folard, non plus que Monsieur de Saulx, n'avaient vu, de leur vivant, Messieurs de Bouligneux et de Wartigny.

Ces gentilshommes donc – je parle de ceux qui se masquaient – crurent bonnement porter des masques d'inconnus, mais ne supposèrent pas un instant la macabre vérité, à savoir : que ces inconnus étaient des morts. Sur quoi, Messieurs de Folard et de Saulx s'en furent très gaiement folâtrer à travers le bal. Et personne d'abord ne s'avisa de rien.

Or, écoutez bien : le premier qui s'avisa de quelque chose ne fut rien de moins que le Roi. Oui, le Roi Louis XIV lui-même. Sur les minuit, en effet, Sa Majesté, passant par le Salon des Glaces, s'arrêta net, plongea son regard dans la foule des masques qui s'empressaient à faire la révérence autour de lui, et, se détournant, dit au marquis de Dangeau qui était là :

– Voyez donc pourquoi l'on s'est permis d'introduire une fantaisie aussi funèbre ?...

Dangeau, regardant, s'étonna fort : parmi la multitude des masques de cire, tous coloriés à la ressemblance de visages vivants, une face lugubre apparaissait : face creuse, verdâtre, décomposée : face de mort. Monsieur de Dangeau se pencha, regarda mieux et, violemment, tressaillit : dans le masque qu'il regardait, masque de cadavre, il venait de reconnaître, à sa grande stupeur et à son incommensurable effroi, la ressemblance de Monsieur de Wartigny !... Car lui, Dangeau, avait fort bien connu Wartigny et s'était même, au temps jadis, lié d'amitié avec lui. Épouvanté, Monsieur de Dangeau n'en fit pas moins son devoir. Il courut au personnage ainsi masqué, l'entraîna vivement à l'écart et lui dit tout de go :

– Monsieur, je parle au nom du Roi !... Qui êtes-vous ? Pourquoi cette mascarade mortuaire ?

Se démasquant tout de suite, Monsieur de Folard s'étonna beaucoup :

– Mortuaire ? dit-il. Pourquoi mortuai...

Mais, jetant alors les yeux vers ce masque qu'il venait d'ôter :

– Grand Dieu ! s'écria-t-il. Sur mon honneur, ce masque était tout à l'heure visage tout souriant... et voici qu'une épouvantable sorcellerie l'a changé maintenant en grimace d'outre-tombe !

Monsieur de Dangeau regardait au fond des yeux monsieur de Folard.

– Monsieur, dit-il, rassemblant ses esprits, quoique à grand effort, monsieur... ce masque... vous savez sans doute qu'il est à la ressemblance de...

– Je ne sais pas, répliqua Monsieur de Folard, en toute bonne foi, et j'ignore quelle est cette ressemblance dont vous parlez.

– Eh bien, monsieur, fit impétueusement monsieur de Dangeau, votre masque est à la ressemblance de feu Monsieur de...

Il allait compléter l'explication, nommer feu Wartigny et préciser les faits et les dates, quand une vive rumeur s'éleva dans le bal, leur parvint et les interrompit : à l'autre bout du Salon des Glaces, il venait d'arriver à Monsieur de Saulx la même aventure qu'à Monsieur de Folard – la même ! Le masque que Monsieur de Saulx portait, et qui était à la ressemblance de Monsieur de Bouligneux, après avoir été jusque vers les dix heures le masque d'un homme vivant, était devenu mystérieusement, tant par la couleur que par le modelé, le masque terrifiant d'un homme mort !

L'aventure ne fut point expliquée. Jamais...

Les deux masques, saisis sur-le-champ, mis sous scellés et surveillés de près, ne changèrent désormais point davantage. Ils avaient d'ailleurs changé tant qu'ils pouvaient, et présentaient désormais la mine de fort vieux cadavres. Sauf à pousser les choses jusqu'au bout, et se métamorphoser en têtes de squelettes, pire changement ne pouvait advenir. Personne n'y comprit rien, puisqu'il fut prouvé à l'évidence que, l'instant d'avant l'ouverture du bal, ils avaient été masques frais et roses et que Messieurs de Saulx et de Folard – lesquels, une fois encore, n'avaient point connu du tout Messieurs de Bouligneux et de

Wartigny – n'avaient jamais eu soupçon, depuis dix heures jusqu'à minuit, de l'horrible transformation qui se faisait à leur insu, au contact même de leur propre visage de chair...

Le Roi, à bout d'explication, ordonna qu'on n'en parlât plus et fit détruire tous les masques dont s'était masquée la Cour, en l'occurrence – bien entendu, les deux masques diaboliques y compris.

Il n'est peut-être pas superflu d'ajouter que Messieurs de Folard et de Saulx, involontaires et déplorables héros de la susdite aventure, passèrent, dans les six mois, de vie à trépas : Monsieur de Saulx à peu près comme jadis Monsieur de Bouligneux, par trois chevrotines qu'il reçut à la chasse d'un ami maladroit. Et Monsieur de Folard, tout à fait comme Monsieur de Wartigny : traîné par son cheval perdu de peur, certain jour que, la bête l'ayant désarçonné, il avait vidé l'un des deux étriers, mais pas l'autre...

1928

Marcel Brion

LA CORNE DE CORAIL

L'homme mit les pouces dans les emmanchures de son gilet, se renversa sur son fauteuil et répéta : « Non, je ne vendrai pas, je ne louerai pas cette maison. » C'était un homme vulgaire, enrichi dans je ne sais quel commerce, heureux de me montrer qu'il n'avait pas besoin d'argent, et qu'il aimait mieux laisser tomber en ruine cette maison, plutôt que de me la céder. Trois fois, déjà, j'étais venu à Padoue pour essayer de le convaincre, mais je m'étais heurté à cet entêtement orgueilleux et imbécile.

Il ajouta, avec de grands airs, qu'il était le maître de cette maison et qu'il pouvait en faire ce qu'il voulait : la démolir même si la fantaisie l'en prenait. Il avait beaucoup d'autres immeubles sur lesquels il régnait, probablement avec une arrogance et une férocité de roi nègre.

– C'est une maison ancienne, me risquai-je à dire. On m'assure qu'elle est très belle. Elle a certainement besoin de réparations. J'en aurai grand soin...

Autant essayer de persuader un mur. Il haussa ses lourdes épaules, avec lassitude, comme si mon insistance le fatiguait beaucoup. Mais j'étais tenace, et je désirais terriblement cette maison.

– C'est un ancien *ridotto*, m'avait dit un vieux Vénitien qui l'avait visitée autrefois dans son délabrement magnifique. A sa belle époque une sorte de cercle, où le jeu tenait la plus grande place. Rien n'a bougé depuis un siècle et demi : les stucs, les peintures sont toujours là, et je crois aussi quelques meubles. Vous aimez ce genre de demeure ; essayez donc de louer celle-ci.

A grand-peine j'avais obtenu l'adresse du marchand padouan. Vainement, je l'avais sollicité. Plus je le suppliais, plus il s'obstinait à refuser. De mon côté, le désir que j'avais de posséder cette maison s'exaspérait devant sa résistance. Il fallait qu'un de nous deux cédât.

– Pourquoi tenez-vous tant à l'habiter ? m'avait-il dit, d'un air soupçonneux. La maison est très vieille, incommode, sans confort. A la longue on se lasse du pittoresque, et vous ne tarderez pas à souffrir de tous les inconvénients.

Je prenais toutes les réparations à ma charge, je consentais à faire refaire les pilotis, même, s'il le réclamait... Les lourdes épaules montaient et descendaient dans un mouvement de houle, morne et décourageant. Ce n'était pas qu'il voulût garder cette maison pour lui-même : depuis plus de quarante ans personne n'y avait logé.

– C'est un crime de laisser tomber en ruine de belles choses !

– Je fais ce que je veux de ce qui m'appartient.

L'argument n'admettait pas de réplique. Je quittai Padoue la rage au cœur, sans même aller revoir les Giotto de l'Arena ni les Mantegna des Eremitani. Jamais je ne serais l'heureux habitant du *ridotto*. Mélancoliquement, je passai devant les nobles villas de la Brenta et leurs jardins abandonnés. Je repris le bateau à Fusina, et le soir j'étais de retour à Venise. Puisque le sort m'était hostile, je n'avais qu'à chercher un autre appartement.

Ce n'était pas un appartement quelconque que je voulais mais celui-là seulement qui m'était refusé. J'aurais pu louer des palais, plus beaux, certainement, et plus confortables que le *ridotto* : le *ridotto* pourtant s'était enfoncé dans mon imagination comme un clou, et la hargne de son propriétaire n'avait fait qu'augmenter mon désir de le posséder.

A peine à terre, je m'en allai rôder, comme je l'avais fait si souvent, autour de cette maison dans laquelle je ne devais jamais entrer. L'aspect extérieur était assez médiocre, et sans la description que l'on m'avait faite de la décoration de ses salons, rien n'aurait justifié un désir aussi impérieux. La façade écaillée portait de petites fenêtres géminées dont les volets de bois tombaient en morceaux. L'épaisse humidité du canal montait à l'intérieur des murs, souillant le crépi de grandes taches grises. Son aspect était si triste et si maussade, ce soir-là, que, mon désir aurait-il été satisfait, je l'aurais certainement regretté. En somme, le marchand padouan m'avait rendu service en m'empêchant de faire cette folie.

Je m'éloignais déjà, quand le grincement d'une gondole, s'écorchant à l'angle du mur, me fit retourner. L'embarcation s'arrêta à peine, le temps de laisser un homme sauter à terre, et disparaître aussitôt. L'homme se trouvait juste devant la porte du *ridotto.* Il poussa cette porte sans frapper, d'un geste négligent qui révélait une longue accoutumance. La porte s'ouvrit, et il entra dans la maison.

Un sentiment de jalousie réveilla ma convoitise et l'enflamma. Le propriétaire avait menti : quelqu'un vivait dans cette maison qu'on disait inhabitée depuis quarante ans. Je voulais en avoir le cœur net.

La porte se trouvait dans une sorte de renfoncement assez profond, constituant un petit porche bas au-dessus duquel la maison s'avançait jusqu'au canal. Il arrive souvent qu'à cette heure où le crépuscule se gorge de nuit, on rencontre ici des êtres qui ne sont qu'à demi vivants. L'apparition de cet homme avait été si brève et si rapide, que j'avais eu à peine le temps de remarquer son visage : tout son corps était enveloppé dans une grande pèlerine. Ce pouvait être, aussi bien, une illusion née du crépuscule, et je m'attendais à trouver la porte aussi solidement fermée qu'elle l'avait toujours été quand je sollicitais avec le vain espoir de jeter au moins un coup d'œil dans le *ridotto.*

Mais la porte était ouverte et céda dès que j'y portai la main. Si impatient que je fusse de connaître enfin les beautés de cette demeure, j'hésitai un instant avant d'entrer. Je l'avoue. Non par peur – que pouvais-je craindre ? – mais obéissant à une sorte de pudeur, de discrétion : s'il y avait quelque mystère, ici, à plus forte raison devais-je le respecter.

Ce mystère suscitait en moi plus de curiosité que de respect, et je n'hésitai pas longtemps. Je poussai la porte, comme l'avait fait l'homme qui m'avait précédé dans cette maison, et j'entrai.

Je me trouvai dans un petit vestibule étroit, obscur, qui sentait le moisi : à peine un corridor. Des deux mains je tâtonnai, à droite et à gauche, le long des murs humides. Devant moi, une mince ligne lumineuse barrait le sol. Ouvrir cette nouvelle porte était chose plus délicate, car elle donnait certainement sur une pièce éclairée, habitée, et l'idée de me trouver face à face avec l'homme qui était descendu de la gondole me causait un bizarre sentiment, – non pas de peur, mais de gêne, et plus, sans doute, que ne le méritait l'indiscrétion que je commettais. Cette gêne augmenta quand, essayant de reconnaître cette porte, je rencontrai un rideau de velours épais, mobile, fuyant sous mes doigts, tout prêt à s'écarter. J'étais allé trop loin pour reculer : le *ridotto* était là. Tant pis pour les convenances !

La salle dans laquelle j'entrai était grande, autant que j'en pouvais juger à la lumière de deux chandeliers placés respectivement sur une console et sur un clavecin à l'extrémité de la pièce. Des stucs roses et verts couvraient une partie du plafond et encadraient sur les murs des peintures dans le goût de Longhi ou de Tiepolo. Un homme me tournait le dos. Il avait encore le grand manteau qu'il portait dans la gondole. Il se tenait immobile, seul au milieu de la salle du *ridotto*. J'étais entré si doucement qu'il ne m'avait pas entendu. La lumière des candélabres n'éclairait pas le seuil que j'hésitais encore à franchir. Les peintures étaient plus fraîches qu'on ne se serait attendu à les rencontrer dans une maison demeurée si longtemps inhabitée. L'atmosphère était froide et humide, mais la lumière des bougies y apportait un caractère d'intimité ; un très léger parfum s'attardait dans l'air, comme si une femme venait à peine de sortir.

L'homme poussa un soupir qui résonna bizarrement dans le silence, jeta son manteau sur le sol, et se dirigea vers le clavecin.

Ses mouvements étaient graves, lents et presque solennels. Il ne s'assit pas devant l'instrument, et se contenta de jouer quelques mesures, nonchalamment, comme un virtuose qui improvise, enfin s'arrêta aussi brusquement qu'il avait commencé, l'inspiration lui manquant. Puis il alla à une longue table couverte de papiers, parmi lesquels il s'affaira.

Il avait à peine cessé de jouer qu'une voix de femme, venant sans doute d'un étage supérieur, reprit le thème et le développa en *colorature* ingénieuses. C'était une voix jeune, fraîche, simple, à peine « travaillée », qui gardait toute la naïveté d'un enfant ou d'un oiseau. Timide, parfois, et hésitante dans les fioritures les plus difficiles. L'homme posa les papiers qu'il lisait, fronça le sourcil, et leva des yeux mécontents vers le plafond. Comme le chant continuait, il frappa du pied, violemment, et froissa avec colère la feuille qu'il tenait. Mais il regretta son geste, aussitôt, déplissa la feuille, soigneusement, et la remit sur la liasse de documents qui jonchaient la table. Je crus l'entendre fredonner le même air : il paraissait triste et préoccupé.

La chanson de la femme prenait maintenant une gaieté ostentatoire, provocante et il me sembla même artificielle. On devinait qu'elle ne chantait pas ainsi pour son plaisir, mais dans l'intention évidente de gêner et de troubler les autres habitants de la maison. La voix était d'une limpidité merveilleuse, froide et transparente comme le cristal, aiguisée de mille arêtes de glace.

Il réfléchissait, les bras croisés sur sa poitrine, la tête baissée. Je remarquai à ce moment qu'il portait une perruque courte, une sorte de redingote cintrée et des bas blancs. Il ne voyait pas les Polichinelles de Tiepolo se donner des nasardes, ni les courtisanes de Longhi glisser des œillades insidieuses vers les passants. Une horloge versait quelque part son chuchotement d'insecte et de source. On eût dit que sa méditation l'isolait de la chanson, le préservait contre son insolente raillerie, et pourtant la voix moqueuse se faisait de plus en plus puissante et impérieuse. Un trille plus aigu déchira enfin ses réflexions. Il bondit alors vers un gong chinois qui se trouvait sur la console près du chandelier, et le frappa plusieurs fois, d'un maillet sauvage.

Cette clameur barbare balaya la chanson, ainsi qu'une tempête emporte un rossignol. Toute la maison vibrait des échos du gong qui se heurtaient, s'entrecroisaient d'un mur à l'autre. Réduite au silence, la femme disparut, et comme si le même appel avait eu pour effet de faire taire celle-ci et de convoquer la domesticité, un vieux laquais entra, portant un plateau qu'il déposa sur la table, à côté des papiers. Sans cesser de les feuilleter, sans s'asseoir, l'homme mangea quelques bouchées voraces, se versa un verre de vin, avala un fruit. Il achevait à peine ce repas hâtif quand la voix de la femme retentit de nouveau, accompagnée cette fois d'un hautbois et d'un basson. Elle n'avait plus, maintenant, cette vivacité joyeuse qui irritait l'inconnu ; son chant se développait selon un rythme grave, tendre, tantôt passionné, tantôt calme et résigné. Je ne connaissais pas cet air, mais il ressemblait à la plainte que Monteverdi prête à Orphée.

J'étais transporté hors de moi-même par la beauté de cette musique, d'une majesté presque religieuse, et j'avais tout à fait oublié en quel endroit je me trouvais. Je repris conscience de moi-même à la fois et du lieu où j'étais, avec un sursaut. L'homme s'était retourné vers moi, brusquement, et faisant un grand geste autoritaire et irrité, il criait : « Entrez ! Entrez donc ! » Mais ce n'était pas à moi que cet appel s'adressait : l'homme ne m'avait pas vu. Plusieurs portes que je n'avais pas remarquées s'ouvrirent en même temps, dans les murs du *ridotto*, et une grande quantité de personnes entrèrent, toutes à la fois, riant et parlant bruyamment. En un instant, les lustres de cristal flamboyèrent sans que j'eusse vu personne les allumer.

Je ne perdis pas de temps à observer les costumes de cette foule qui avait envahi la salle, mais ils me parurent extravagants. Les jacassements et les ricanements des nouveaux venus m'avaient interloqué si bien que je cherchai un refuge derrière le rideau de velours. Personne ne m'avait menacé, ni ne paraissait s'apercevoir même de ma présence, mon cœur battait cependant comme si je m'étais approché d'un grand danger. Le rideau retomba derrière moi, éteignant en même temps le tintamarre de ces intrus et la voix de la chanteuse. Je me retrouvai seul, dans le vestibule, étroit et obscur, sentant le moisi.

Dehors, la pluie tombait, cette pluie brutale et malveillante qui vient du large et que le vent pousse devant lui dans toutes les rues de cette ville. Je m'arrêtai sous le petit porche qui formait l'entrée de la maison. Ici, je me sentais à l'abri de tout, des éléments et des présences étranges qui marchent sur les sentiers de la nuit. La pluie battait furieusement l'eau du canal, la tempête vous jetait au visage des bourrasques humides, mais rien ne pouvait m'atteindre dans ce renfoncement où je m'étais réfugié. Si la tempête augmentait je n'avais qu'à pousser la porte, pour rentrer dans le *ridotto* : j'aurais préféré, cependant, affronter tous les inconvénients de la nuit et du mauvais temps...

Je crus d'abord que ce tapotement n'était que le crépitement de la pluie sur un mur, mais sa cadence était si singulière qu'elle ne pouvait venir du hasard des éléments. Trois brèves, une longue, trois brèves, une longue, deux brèves, une longue. Cela pouvait se chanter aussi. Comme je tardais à répondre, le doigt qui frappait au-dessus de ma tête insista. Je levai les yeux. Au-dessus de moi, dans ce plafond qui correspondait au sol du premier étage de la maison, je remarquai un minuscule judas, pareil à un œil. L'œil s'ouvrit, un rayon de lumière tomba sur moi, si vif que je reculai comme si ce rayon avait pu me blesser, puis s'éteignit. En même temps un bruit soyeux descendait. J'étendis la main, rencontrai un objet indéfinissable, tordu comme une racine, lisse et froid, puis un ruban. Quand je voulus le saisir, le ruban timide, effarouché, se déroba, mais comme je renonçais à la prendre, la corne de corail vint danser contre mon visage d'une manière à la fois si insinuante et si évasive que je me piquai au jeu. Je finis par empoigner le ruban, et malgré la résistance de l'adversaire inconnu qui, tout en me l'offrant, s'efforçait de me l'enlever, je m'emparai de la corne de corail.

C'était un de ces talismans vulgaires et charmants que les Italiens aiment parce qu'ils s'imaginent qu'ils les préservent du « mauvais œil ». Une branche de corail, d'un rose très pâle, presque blanc, pendue à un long ruban jaune. Un rire étouffé et quelques notes d'une chanson inconnue accompagnaient là-haut ma victoire. Le judas de nouveau s'éclaira. Une voix tendre chuchota : « Caro, caro, caro ! » J'imaginai la femme couchée sur le parquet, ayant écarté le tapis qui masquait l'ouverture, et murmurant amoureusement, les lèvres collées au judas. Puis la lumière disparut, définitivement cette fois, et je n'entendis plus que la pluie monotone clapotant dans le canal. Je voulus rentrer dans le *ridotto,* mais la porte que j'avais laissée entrebâillée derrière moi était fermée, et si solidement que je ne pus arriver à l'ouvrir.

J'aurais pu partir pour Padoue, le lendemain matin, raconter toute l'histoire au propriétaire de la maison, et lui montrer la corne de corail, en témoignage de ma véracité. Si je ne le fis pas, c'est probablement parce que je jugeai ce grossier individu peu digne de recevoir la confidence d'une curieuse aventure. Et s'il accordait crédit à ce que je lui raconterais, si, voulant se rendre compte par lui-même, il m'accompagnait dans la maison abandonnée, qu'arriverait-il ? Dans quel état trouverions-nous la salle du *ridotto* que ses anciens occupants avaient désertée depuis si longtemps ? Que se passerait-il entre la jeune femme aux rubans jaunes, l'inventeur, et le marchand padouan, dégringolant à travers les couches du temps, en plein milieu d'une farce ou d'une tragédie ?

Je gardai longtemps dans ma main la corne de corail pâle et le ruban jaune auquel elle était attachée. Un parfum presque imperceptible, celui-là même que j'avais respiré dans la salle du *ridotto,* imprégnait encore la soie, et cela suffisait à rendre le ruban extraordinairement vivant. Je les serrais dans mon poing, comme un fétiche capable de me guider sur les chemins les plus difficiles, quand je me dirigerais de nouveau vers le *ridotto* le lendemain. Je n'avais qu'à me laisser conduire, qu'à obéir...

Je profitai des dernières lueurs de jour pour examiner encore la maison. La poussière qui s'était amassée sur les lattes disloquées des jalousies attestait que, depuis longtemps, on n'avait plus ouvert ces fenêtres. Aucune lumière ne traversait les interstices des volets. Si jamais une maison a paru morte, et sans espoir de ressusciter jamais, c'est bien celle-là. Peut-être le propriétaire avait-il raison, après tout, de ne pas vouloir la vendre, ni la louer. Cette maison se trouvant dans un quartier peu fréquenté, je pouvais l'observer à loisir, et m'attarder sans attirer l'attention. Quand la nuit vint, une légère angoisse me saisit à l'idée de l'expérience que j'allais tenter. L'obscurité était tombée d'un seul coup. L'eau morte sur laquelle tremblaient des reflets huileux, l'humidité des murs, le silence même de ce canal désert avaient quelque chose de redoutable, et presque de répugnant. Je dus surmonter en même temps la crainte et le dégoût pour m'approcher de cette maison que je désirais encore habiter ; inconsciemment j'espérais que la porte serait fermée, comme elle l'avait toujours été, qu'il n'y aurait pas de judas dans le plafond du porche... Mais la porte était ouverte et s'effaça dès que ma main, malgré moi, la toucha.

De nouveau j'étais seul dans le petit vestibule, froid et sombre comme une cave. Aujourd'hui, aucune lumière ne passait sous le rideau de velours. Aucun bruit. C'était une maison morte, évidemment.

Et voilà qu'une main saisit mon bras, une main fraîche et souple, qui tremble. Je sens une respiration contre ma joue. Une voix murmure tout près de mon oreille : « Rendez-moi vite la corne de corail. Vite. » La corne est dans mon poing fermé. C'est mon fétiche et mon guide. Je ne la rendrai pas. « Vite, je vous en supplie. Il ne me pardonnerait pas de vous l'avoir donnée. » Obéirai-je à cette voix plaintive, effrayée ? Il est trop tard pour me décider, maintenant. J'entends une gondole s'arrêter dehors en grinçant contre la pierre. Alors la main qui me serrait le bras me prend au poignet, me tire de côté, m'entraîne. Un escalier obscur que la femme grimpe légèrement et dans lequel je trébuche à chaque marche. Je me retrouve, presque sans savoir comment j'y suis venu, dans un petit salon ovale, décoré d'arabesques céladon. La jeune fille, essoufflée ou effrayée, pose sa main sur sa poitrine haletante et me regarde avec une expression d'étonnement amusé. Elle met un doigt sur sa bouche pour me commander le silence, glisse vers la porte par laquelle nous sommes entrés, pousse un verrou. Nous sommes en sûreté ici.

Elle porte une robe blanche ornée de nœuds jaunes. Je n'ai pas besoin de regarder le ruban que je serre dans ma main pour être certain que c'est le même. Le petit salon est à la fois splendide et misérable. Il y a des flambeaux d'argent sur des consoles d'écaille, et des petites tables en laque verte, mais les panneaux de soie sont effrangés et portent de grandes taches d'humidité. Elle surprend mon regard interloqué, et y répond par un petit rire d'excuse ironique, qui signifie : « On habite où l'on peut... » Mais son regard devient brusquement triste et dur. Le gong chinois sonne deux fois, violemment, dans la grande salle du *ridotto*. Elle hausse les épaules, d'un air découragé. Elle est très jeune, mais son visage porte déjà les traces de la fatigue, de l'anxiété. On dirait que je ne suis plus là, qu'elle se trouve seule dans son boudoir, qu'elle va s'abandonner à sa lassitude, à son désespoir.

– Que puis-je faire pour vous ?

Ma question naïve et probablement absurde la fait sourire. Un tout petit sourire pâle, vite effacé. Rien, naturellement. Mais, pourquoi m'a-t-elle amené ici ? Elle hausse les épaules d'un geste enfantin. On ne sait pas. Personne ne sait. J'entends encore la voix d'hier qui chantait du Monteverdi, et puis qui chuchotait des mots d'amour à travers le judas : celle-ci répète seulement, plusieurs fois : « Rien, rien. » Et puis une fois, en espagnol – mais avec l'accent vénitien –, violemment, ce mot qui frappe au visage : « Nada. »

Je n'ai pas entendu les pas de l'homme qui monte l'escalier, mais elle les suit de marche en marche, et avant même qu'il ait atteint la porte, elle bondit pour tirer le verrou qu'elle avait fermé. « Pourquoi ces secrets ? » dirait-il. Et elle pâlirait de crainte et de remords.

Il n'a rien dit, mais elle pâlit comme s'il l'avait accablée de reproches. Ses yeux me fixent sans me voir, aucune expression d'étonnement sur son visage. Pendant un long moment nous nous regardons ainsi, sans dire un mot. Quand ce silence sera devenu si intolérable que je vais crier, il tourne la tête vers la jeune fille. « C'est notre compagnon de voyage ? » Elle fait un signe de tête : oui, et en même temps un geste suppliant vers moi, de la main, pour me prier de ne pas la contredire.

– Nous partirons demain, ajoute-t-il.

Il se promène dans le petit salon, un instant. Il est très loin de nous. Hors d'atteinte. Puis il se dirige vers la porte et avant de sortir, se retourne vers la jeune fille.

– Au coucher du soleil.

A peine est-il sorti, qu'elle se rapproche de moi, et, de nouveau, me serre le bras de sa main douce et forte. Son visage est près du mien. Ses yeux bruns sont pleins de lassitude et de chagrin. Il y a déjà quelques petites rides aux commissures des lèvres.

– Je ne veux pas partir, dit-elle. J'ai peur. J'ai peur de ce cygne. Il nous arrivera malheur. J'ai peur de l'espace.

– Vous allez donc très loin ?

Elle fait un geste incertain. Elle ne sait pas. Probablement, oui, très loin.

– Et je dois aller avec vous ?

Elle fait signe : non, plusieurs fois avec horreur. Elle secoue ses boucles sombres dans une dénégation violente.

– J'ai dit cela pour expliquer votre présence ici, mais il ne faut pas que vous veniez avec nous.

Sa voix la trahit. Sa dénégation même est un appel, et la violence avec laquelle elle serre mon bras n'est pas pour me repousser.

– Peut-être auriez-vous moins peur si je vous accompagnais ?

Oui, naturellement. Son visage se rassérène immédiatement comme celui d'un enfant qu'on rassure.

– Il ne voudrait pas : vous n'êtes certainement pas le compagnon qu'on a choisi pour nous.

– Qui l'a choisi ?

C'est trop long à expliquer, trop difficile. Elle efface de la main ma question.

– Si vous avez peur de partir, restez ici.

– Je ne peux pas. L'inventeur veut m'emmener avec lui.

Ce salon céladon, aux meubles précieux, aux soieries humides, dégage une impression de tranquillité triste et lourde qui devient, peu à peu, oppressante. Et pourtant je souhaiterais ne plus quitter cette demeure.

– Abandonnez-le, venez avec moi.

Elle rit, d'un pauvre rire désenchanté. En effet, où irions-nous ? Je regarde sa robe blanche aux nœuds jaunes. Pourquoi ce déguisement, à cette époque de l'année, si loin du carnaval ?

Elle se détache de moi, brusquement.

– Partez. Retournez là d'où vous venez. Oubliez-moi. Rendez-moi la corne de corail.

Obéirai-je ? Si je me dessaisis du talisman, comment retrouverai-je mon chemin dans le labyrinthe ?

– Vite. Il va revenir. Maintenant, partez.

Elle saisit le ruban que je lui tends, le glisse dans son corsage, fiévreusement, me pousse vers la porte. En bas le gong chinois retentit deux fois.

– Adieu, caro. Soyez sauvé. Soyez heureux.

Sa bouche froide effleure ma joue, sa main caresse doucement ma nuque, puis inexorablement, elle me chasse vers l'escalier, vers la vie banale de tous les jours.

Je me suis arrêté un moment sous le porche. Là-haut, dans le boudoir ovale, une voix d'abord tremblante qui se raffermit, et se déploie dans une orgueilleuse ampleur, chante le vieil air de Monteverdi. Et comme la première fois la porte s'est refermée derrière moi.

Ils partiront demain, au coucher du soleil. Et je suis exclu de l'aventure, dont j'étais passé si près cependant. De mauvais plaisants, probablement, qui se sont moqués de moi, ou des insensés. Je revois la gravité sinistre de l'inventeur, la tristesse résignée de la jeune fille. Pourquoi ai-je restitué la corne de corail ? Elle m'aurait ramené vers eux. Le sentier du fantastique est glissant et descend en pente raide : heureusement, je revois aussi le marchand de Padoue et son vulgaire bon sens de propriétaire qui aime mieux laisser une maison inoccupée que d'y faire des réparations. Mais, dans les demeures inhabitées, souvent d'étranges vagabonds s'installent et tendent leurs filets. Dieu merci, je suis sauf !

Ma nuit fut peuplée de rêves bizarres. Puis le matin vint, d'un beau soleil craquant, claquant, plein de vent, qui agitait des drapeaux. Un soleil presque offensant à force d'ostentation, de gaieté bruyante, de santé. Ce soleil a pesé sur la ville tout le jour, avec une dure autorité, d'accord avec le vent pour tout balayer, tout effacer. Avec sa complicité, il s'agissait d'attendre le soir, tout simplement. Et quand le soir arriverait, tout serait arrangé.

J'ai organisé cette journée de manière à ne pas rester seul jusqu'à la tombée de la nuit : jusqu'au moment où je n'aurais plus rien à craindre. Il n'y a plus qu'à remplir les heures aussi légèrement que possible, dans le brouhaha des conversations amicales et attendre. Attendre qu'ils soient partis.

Je ne regrette rien ? Je n'ai pas le temps. L'idée m'est venue d'aller tourner près du *ridotto,* pour voir ce que deviennent l'inventeur et la jeune fille, mais c'est cela, surtout, qu'il ne faut pas faire. Je ne dois plus penser à cette maison. J'irai visiter plutôt ce petit palais dont on m'a parlé près de la Madonna dell'Orto ; il possède dit-on tout le confort moderne. Cela vaudra mieux que la ruineuse bicoque du marchand padouan.

Quand le jacquemart sonne six heures, cependant, je quitte le café, malgré les reproches de mes amis. Un rendez-vous urgent, ai-je dit. Il n'y a jamais de rendez-vous urgent dans cette ville, me répondent-ils, mais je ne les écoute pas. Peut-être ai-je besoin de solitude : pas autre chose.

Je m'en vais au hasard, devant moi, sans but. La pure flânerie le long des rues familières où des marchands me sourient au seuil de leurs boutiques. Puis, quand j'ai marché ainsi pendant quelques minutes, j'atteins un quartier inconnu, je traverse une grande place vide, entourée de façades éclatantes ocre et roses. A mesure que je m'avance dans ces ruelles ignorées, je rencontre des promeneurs de plus en plus nombreux. Ils s'en vont tous dans la même direction, avec l'allure joyeuse des gens qui courent à une fête. Leurs costumes sont étranges et éclatants. Ils s'interpellent gaiement, et les femmes qui étendent du linge aux fenêtres rient en les regardant passer.

La foule devient de plus en plus épaisse, et agitée. Les bras se tendent, les mains montrent tantôt le ciel, tantôt la terre. On se bouscule pour arriver plus vite, et des gamins, prestes comme des lézards, vous glissent entre les jambes. Cette course, ce vacarme m'étourdissent un peu. Je tomberais, peut-être, s'il n'y avait pas tous ces hommes, toutes ces femmes autour de moi, qui jouent des coudes, foncent de l'épaule, en échangeant des jurons amicaux. Et soudain la foule s'ouvre, se déploie comme un éventail : nous sommes arrivés sur un large espace libre, une sorte de vaste quai longeant la lagune. Des portiques, des façades serties de marbre précieux l'encadrent du côté de la terre. Vers la mer, l'étendue est infiniment ouverte sur des nuages bleus et jaunes, sur une eau couleur de coquillages. Devant moi, des hommes très grands me bouchent la vue ; je les écarte, je me faufile entre eux, qui me font place gentiment.

Au milieu de la place, il y a un grand carré vide, autour duquel se presse la masse des curieux. A terre, une grosse méduse flasque, qui sursaute, se gonfle, se penche, s'enfle, ambitieuse de la sphéricité parfaite des balles d'enfants. Dans une nacelle, blanche et or, en forme de cygne, une jeune fille est assise qui dispose coquettement les nœuds jaunes de ses rubans sur sa robe blanche. Elle tient une minuscule ombrelle de soie rose et sourit inlassablement aux spectateurs qui poussent des vivats. Autour de l'aérostat, paré de guirlandes, de pampilles et d'emblèmes allégoriques, l'inventeur s'affaire, gourmandant ses ouvriers. Là-bas, sur la lagune, le soleil descend avec une majesté paresseuse et bonhomme. Il y a si longtemps qu'il fait, lui, ce voyage chaque jour !

L'aérostat est devenu maintenant un gigantesque poisson-lune, chamarré de couleurs éclatantes. Il se balance, bondit, tire sur ses cordes, retombe, et danse enfin, de la façon la plus gracieuse. Les amarres se tendent ; maîtrisant son impatience, l'inventeur, courroucé, interroge tous les visages qui l'entourent. Et, malgré moi, je me dissimule derrière une des colonnes du portique. Près du ballon, on se démène, on vocifère. Si l'on attend davantage, il sera trop tard. L'inventeur a dit : au coucher du soleil.

Une corde, enfin, a cédé, puis une autre, enfin toutes se brisent en même temps. L'inventeur a eu à peine le temps de sauter dans la nacelle, à côté de la jeune fille. De la foule monte un long soupir d'angoisse et d'émerveillement. Le cygne rutilant pique du bec, se redresse, se pavane, s'envole avec lenteur. Le soleil lance tous ses reflets sur sa coque dorée. L'inventeur agite son chapeau, la jeune fille une longue écharpe bleue. Les violons jouent.

C'est à ce moment que j'ai entendu, descendant de là-haut, se mêlant à la musique et aux clameurs de la foule, le vieil air de Monteverdi qui m'avait accueilli lors de mon entrée dans le *ridotto.* La jeune fille est debout entre les ailes du cygne. Ses bras se meuvent gracieusement, sa voix se répand dans l'espace en éclats d'or, de givre et de cristal.

Tous les spectateurs, la tête renversée en arrière à se briser la nuque, ont suivi du regard l'aérostat, aussi longtemps que leurs yeux ont pu l'accompagner. J'ai fait comme eux, et je crois bien avoir été le dernier à voir disparaître un cygne minuscule dans la trouée glorieuse d'un ciel enflammé. Depuis longtemps l'air de Monteverdi n'arrivait plus jusqu'à nous. Les musiciens enfermaient leurs instruments dans leurs housses de velours et d'acajou et se dispersaient silencieusement. Un à un les spectateurs s'éloignaient sans mot dire, chacun d'eux plus solitaire d'avoir vu partir l'aérostat. On savait bien qu'il ne reviendrait jamais ici, et que s'il redescendait un jour sur la terre, ce serait sur quelque île terrible, grouillante de monstres et chaude de volcans.

J'ai quitté cette grande place vide, le dernier. Il y avait encore, au milieu, les cendres de la paille qu'on avait brûlée pour gonfler le ballon, et cela faisait penser aux bûchers où l'on incinérait les morts. Non loin de là, j'ai ramassé une corne de corail rose, très pâle, attachée à un ruban jaune. Personne ne me la demandera, désormais. Mais il est possible que ce soit un bijou vulgaire, que le menu peuple affectionne pour la vertu qu'il a de conjurer le mauvais œil.

1943

Arthur PORGES

1 DOLLAR 98

Un dimanche, de bon matin, Will Howard faisait un tour en forêt. Depuis quelque temps déjà le charme de ces petites excursions s'était trouvé fortement accru à ses yeux par la présence de Rita Henry. Hélas ! ce jour-là, ni le beau soleil, ni l'air vivifiant, ni le chant mélodieux d'un coq de bruyère n'arrivaient à dissiper la mélancolie de Will.

A cet instant précis, la charmante Rita accompagnait Harley Thompson dans une promenade à cheval, à travers le parc du club le plus sélect de l'endroit. Will la comprenait fort bien, du reste : Harley avait un mètre soixante-quinze ; il avait joué comme avant-centre dans l'équipe de Princeton et, à sa beauté mâle, il joignait un remarquable talent de baratineur ; de plus il avait une grosse situation et beaucoup d'avenir. Tandis que lui... Will Howard se savait chétif, timide et...

Il sentit à ce moment quelque chose tirer faiblement le revers de son pantalon. En baissant les yeux, il aperçut une minuscule musaraigne qui s'agrippait frénétiquement à l'étoffe. Stupéfait, Will regarda avec curiosité la bestiole palpitante. Il ne parvenait pas à comprendre les motifs d'une si étrange conduite chez une créature habituellement craintive. Mais bientôt la silhouette souple et élastique d'une belette, animal dont l'implacable cruauté ne redoute pas même l'homme, apparut sur le sentier.

D'un geste rapide, Will cueillit le petit rongeur terrifié dans le creux de sa paume. La belette s'arrêta avec un glapissement rageur. Ses yeux rouges étincelaient dans le masque triangulaire de sa tête féroce et, pendant une fraction de seconde, elle parut prête à attaquer son gigantesque adversaire. Pourtant, lorsque Will fit un pas vers elle en criant très fort, la belette, toute tremblante de rage, s'éloigna de la même allure ondulante qu'elle était venue.

– Pauvre petite ! dit Will à la minuscule boule de fourrure aux yeux brillants. (Il lui souriait avec quelque amertume.) Tu n'étais pas de force, ajouta-t-il. C'est comme moi avec ce maudit Thompson !

Il se baissa pour déposer doucement la musaraigne dans un taillis. Soudain, il s'arrêta, bouche bée : le rongeur s'était métamorphosé en un petit être joufflu, semblable à un bouddha et haut d'environ six centimètres. (A vrai dire, des mensurations précises auraient permis de constater qu'il avait exactement 59,8 millimètres.)

– Reçois, ô charitable mortel, les remerciements émus du dieu Eep, dit le petit être d'une voix faible, mais étrangement vibrante. Comment pourrai-je te récompenser de m'avoir sauvé de ce monstre vorace ?

Will avait sursauté, mais étant un lecteur assidu de Dunsany et Collier, il ne tarda pas à retrouver son sang-froid.

– Vous... vous êtes un dieu, bégaya-t-il.

– Effectivement, répéta le petit être avec satisfaction. Une fois tous les cent ans, en châtiment d'avoir un jour triché aux échecs, je suis changé pour quelque temps en musaraigne et... Mais je suis bien sûr que vous avez lu assez d'histoires similaires pour en avoir la nausée. Qu'il me suffise donc de dire que vous êtes intervenu juste à temps. Maintenant me voilà tranquille pour un siècle. A moins, bien entendu, que je ne succombe de nouveau à la tentation de tricher et ne remplace subrepticement un de mes pions par un fou ! Il est dur de se retenir, vous savez, fit-il sur le ton de la confidence, et cela vous aide tellement dans les fins de partie !

Will pensa à ce diabolique Harley Thompson qui affectait de se moquer de la littérature fantastique et le raillait volontiers d'être abonné au *Magazine de l'Étrange et de l'Impossible.* Il savait bien, hélas ! que derrière l'agréable physique de Thompson se dissimulait une brute sans scrupules, aussi égoïste que jouisseuse. Rita ne connaîtrait jamais le bonheur auprès d'un homme pareil. Et voilà que pour la première fois de sa vie il avait l'occasion de prendre sa revanche sur Harley ! Grâce au concours d'un dieu reconnaissant tant de choses deviennent possibles ! Il pensa d'abord à demander, selon la formule classique chez Dunsany, de voir ses trois premiers vœux exaucés. Mais la méthode était aléatoire. Mieux valait laisser le dieu choisir lui-même le témoignage de gratitude qu'il jugerait mérité.

– Vous parliez de... d'une récompense ? balbutia-t-il.

– Certainement, certainement, lui assura le dieu qui se balançait sur une tige de pissenlit tout en agitant voluptueusement ses minuscules pieds nus. Mais, hélas ! ce ne pourra être qu'une très petite récompense ! Comme vous le voyez, je ne suis qu'un tout petit dieu...

– Oh ! soupira Will assez déconfit. (Il se rasséréna tout à coup.) Oserais-je vous suggérer qu'une petite fortune... commença-t-il.

Comme on le voit, la présence d'un immortel lui aiguisait l'intellect.

– Très volontiers, mais elle devrait être très, très petite. Je ne pourrais pas dépasser un dollar 98 !

– Seulement ? fit Will d'une voix désenchantée.

– Hélas, oui. Nous autres, dieux mineurs, sommes toujours très gênés. Si un autre genre de cadeau...

– Mais j'y pense, coupa Will, pourquoi pas un diamant ? Après tout un diamant gros comme une noisette n'est pas un objet bien volumineux et...

– Je suis navré, dit le dieu avec regret, mais ce serait un diamant minuscule. Celui que je pourrais vous offrir ne devrait pas valoir plus d'un dollar 98.

– Ah ! zut, grogna Will. Voyons, il doit bien y avoir un petit objet qui...

– Certainement, acquiesça de bonne grâce le petit dieu. Tout ce que vous voudrez, mais à condition que cela ne représente pas une valeur supérieure à un dollar 98. Je vous écoute...

– Un petit tremblement de terre, peut-être ? suggéra Will sans grand enthousiasme. Je pourrais l'annoncer à l'avance à Rita. Et peut-être alors...

– Un petit tremblement de terre, oui... répliqua pensivement Eep. C'est dans les choses possibles. Mais, vous savez, ce serait à peine un frisson ! Je vous rappelle qu'il ne devrait pas causer pour plus d'un dollar 98 de dégâts.

– On se croirait au Prisunic ! protesta Will en soupirant.

– Évidemment, murmura pensivement le petit dieu comme s'il cherchait de bonne foi une solution satisfaisante, si vous choisissiez une monnaie faible (des lires, par exemple) la somme aurait l'air plus considérable, mais sa valeur réelle resterait la même.

– J'y renonce, dit Will.

Mais, voyant l'embarras de Eep, il ajouta d'une voix plus aimable :

– Je ne vous en veux pas. Je sais que vous ne cherchez qu'à m'être agréable. Ce n'est pas votre faute si l'argent est rare ! Peut-être finirez-vous par trouver quelque chose, ajouta-t-il d'un ton morne. Pour le moment, mon métier consiste à vendre – ou plutôt à essayer de vendre car je n'ai pas beaucoup de dispositions... Je me souviens même d'un certain client qui a fini par me faire acheter, à moi, tout son matériel de bureau... Mais si, grâce à vous, je réussissais une belle affaire...

– Elle ne devrait pas vous rapporter plus d'un dollar 98.

– Ce serait difficile, remarqua Will avec un sourire railleur. Je suis représentant en automotrices Diesel, en immeubles et en mines abandonnées. En outre je suis directeur général d'une affaire de puits de pétrole asséchés.

– Ça marche bien ? demanda le petit dieu en lançant un coup de pied à une sauterelle qui s'éloigna d'un bond indigné.

– L'autre jour, j'ai failli vendre une mine de cuivre abandonnée à un riche Californien qui pensait la transformer en abri antiaérien, mais, une fois de plus, Thompson m'a coupé l'herbe sous le pied ! Il lui a présenté une galerie de mine qu'on pouvait facilement transformer en bar – le plus grand bar du monde, et le mieux abrité. Le type a payé la mine de Thompson 67 000 dollars et l'affaire m'a échappé. Quel salaud que cet Harley ! Remarquez que je me fiche éperdument qu'il soit nommé administrateur de la boîte à ma place. Moi, je ne sais pas commander. Ça me serait encore à la rigueur égal qu'il me chipe mes meilleurs clients. Je lui passerais même ses astuces à la noix. Mais quand il s'agit de Rita... Et juste au moment où elle commençait à s'apercevoir de mon existence... conclut-il amèrement.

– Rita ? répéta le dieu d'un ton interrogateur.

– Rita Henry. Elle travaille à la boîte. C'est une fille formidable. Douce... vivante, et tout... Et elle a les plus beaux yeux verts du monde.

– Je vois, dit Eep en faisant un pied de nez à une libellule qui passait.

– C'est pour cela que j'aurais bien besoin d'un coup de main. Faites donc quelque chose ! Quoique avec un plafond pareil, cela ne m'avancera pas beaucoup...

– Un dollar 98, précisa fermement le dieu. Je vais passer l'après-midi et la soirée ici à contempler l'endroit où j'aurais un nombril si je n'étais pas un pur esprit. En attendant, faites confiance au puissant (quoique petit) dieu Eep et portez-vous bien.

Il s'éloigna dans l'herbe.

Trop déprimé pour chercher à se distraire au-dehors, Will passa la soirée chez lui. A onze heures, il alla mélancoliquement se coucher, convaincu qu'une somme d'un dollar 98, même offerte par un dieu, n'avait aucune chance de le tirer d'affaire.

Malgré ces tristes pensées, sa fatigue nerveuse était telle qu'il s'endormit aussitôt. Une demi-heure plus tard il fut réveillé par un coup discret frappé à sa porte.

Les yeux encore tout embrumés de sommeil, il passa une robe de chambre sur sòn pyjama et alla ouvrir. Il se trouva nez à nez avec Rita dont le tendre sourire était une agréable promesse.

– Rita ! balbutia-t-il. Mais...

Un doigt sur les lèvres, elle se glissa chez lui, en refermant doucement la porte derrière elle. Brusquement, elle se jeta dans ses bras, lèvres offertes, tout le corps alangui dans son étreinte.

– Rita... murmura Will. Enfin...

Elle leva les yeux vers lui. N'y avait-il pas comme une ombre d'étonnement, de surprise dans ce regard vert ?

– Quelque chose m'y a forcée... Il fallait que je vienne...

Elle le prit par la main et le conduisit jusqu'à la chambre à coucher. Là, dans l'ombre tiède, il entendit un froissement de soie, pareil à un murmure amoureux.

– Il le fallait, répéta Rita. Nous sommes faits l'un pour l'autre... Je le sais...

Le sommier grinça. En allongeant une main avide, Will effleura une peau semblable à du satin chauffé au soleil.

Le lendemain matin, quand elle ramassa sur le plancher les légers dessous qu'elle y avait laissé tomber la veille dans la hâte flatteuse, un bout de papier s'échappa du petit tas de nylon noir.

Étonné, Will le ramassa. C'était une coupure de journal. Dans la marge, d'une petite écriture fleurie, quelqu'un avait écrit : « En témoignage de l'éternelle reconnaissance du dieu Eep (dans les limites d'un dollar 98). »

L'article, un simple entrefilet, était ainsi conçu : « *Aux cours actuels des matières premières, la valeur des produits chimiques dont se compose le corps humain n'excède pas un dollar 98.* »

1954

Titre original : *$ 1.98*

Fredric BROWN

DU SANG !

Dans leur machine à voyager à travers le temps, Vron et Dreena, les deux derniers survivants de la race des vampires, fuyaient vers le futur pour échapper à l'anéantissement. Ils se tenaient les mains pour se réconforter mutuellement. Ils avaient peur et ils avaient faim.

Au XXIIe siècle, l'humanité avait démasqué les leurs ; elle avait découvert que la légende des vampires vivant secrètement parmi les humains n'était pas le moins du monde une légende, mais l'expression de la réalité. Il s'en était suivi une extermination en masse qui n'avait épargné que ce couple. Tous deux travaillaient à inventer une machine à voyager dans le temps, et ils l'avaient terminée juste assez tôt pour pouvoir s'échapper grâce à elle. S'échapper en direction du futur, assez loin pour que le mot même de *vampire* fût oublié, pour pouvoir vivre de nouveau insoupçonnés – et être la souche qui régénérerait leur race.

– J'ai faim, Vron. Comme j'ai faim !

– Moi aussi, Dreena, mon amour. Bientôt nous nous arrêterons.

Quatre fois déjà ils s'étaient arrêtés et à chacune d'entre elles ils avaient échappé de justesse à la mort. Ils n'étaient *pas encore* oubliés. La quatrième, un demi-million d'années en arrière, leur avait montré un monde livré aux chiens – au sens littéral : les humains étaient éteints et les chiens civilisés et humanisés. Et là encore on les avait reconnus pour ce qu'ils étaient. Ils avaient tenté malgré tout de satisfaire leur faim dévorante sur le sang d'une petite fille chien, mais ils avaient été pris en chasse par une meute hurlante et n'avaient eu que le temps de fuir avec leur machine.

– Merci de t'arrêter, fit Dreena qui poussa un soupir.

– Ne me remercie pas, dit Vron sombrement. Nous sommes à bout de course. Nous n'avons plus de combustible et nous ne trouverons personne ici. La radioactivité y règne...

Ils sortirent.

– Regarde ! s'exclama Dreena avec excitation, en montrant du doigt quelque chose qui s'avançait vers eux. Une créature nouvelle ! Les chiens ont disparu et une autre race a pris leur place. Et sûrement maintenant nous sommes oubliés.

La créature qui s'approchait était télépathe.

– J'entends vos pensées, fit une voix à l'intérieur de leurs cerveaux. Vous vous demandez si nous connaissons les êtres appelés « vampires », quels qu'ils puissent être. Eh bien, nous ne les connaissons pas.

Dreena agrippa le bras de Vron avec un frisson d'extase.

– La liberté ! murmura-t-elle avidement. Et de quoi se *nourrir* !

– Vous vous interrogez également, continua la voix, sur mon origine et mon évolution. Toute vie aujourd'hui est végétale. Moi... (il s'inclina vers eux) moi, membre de la race dominante, je suis ce qu'autrefois vous appeliez un navet.

1954

Titre original : *Blood*

(Traduit par Alain Dorémieux.)

Ray BRADBURY

LE VENT

Le téléphone sonna vers cinq heures trente, ce soir-là.

On était en décembre et il faisait noir depuis longtemps quand Thompson décrocha l'écouteur.

– Hello.

– Hello, Herb ?

– Oh ! c'est toi, Allin !

– Ta femme est-elle à la maison, Herb ?

– Bien sûr. Pourquoi ?

– Oh ! diable !...

Herb Thompson tenait calmement l'écouteur.

– Qu'i' se passe ? Tu parais tout drôle.

– J'aurais voulu que tu viennes ce soir. Quand est-ce que ta femme s'en va ?

– C'est la semaine prochaine, dit Thompson. Elle passera environ neuf jours dans l'Ohio. Sa mère est malade. Je viendrai alors.

– Je voudrais que tu puisses venir ce soir.

– Je voudrais pouvoir ! Nous avons du monde, ma femme me tuerait.

– Je voudrais que tu puisses venir.

– Qu'est-ce que c'est ? De nouveau le vent ?

– Oh non ! non.

– Est-ce le vent ? insista Thompson.

La voix au bout du fil hésita :

– Ben oui. Oui. C'est le vent.

– La nuit est claire, il n'y a pas beaucoup de vent.

– Il y en a assez. Il se glisse par la fenêtre et fait légèrement voler les rideaux. Juste assez pour me faire comprendre.

– Écoute, pourquoi ne viens-tu pas passer la nuit ici ? dit Herb Thompson, tout en lançant un regard vers le hall éclairé.

– Oh ! non. Il est trop tard pour cela. Il pourrait me rattraper sur le parcours. C'est une distance salement longue. Je n'oserais pas, merci tout de même. Ça fait trente milles, mais encore merci.

– Prends un comprimé somnifère.

– Je suis debout à la porte depuis une heure, Herb. Je le vois qui se rassemble à l'ouest. Il y a des nuages par là et j'en ai vu un qui se déchirait en deux. Il y a un vent qui s'amène, pas de doute.

– Écoute-moi, prends un bon comprimé somnifère. Et appelle-moi n'importe quand tu en éprouveras le besoin ou l'envie. Plus tard dans la soirée, si tu veux.

– N'importe quand ? dit la voix dans le téléphone.

– Bien sûr !

– Je le ferai, mais comme j'aurais voulu que tu puisses venir ! Et pourtant je ne voudrais pas que tu sois blessé. Tu es mon meilleur ami et je ne voudrais pas être cause de cela. Peut-être est-il préférable que j'affronte tout seul la chose... Je suis navré de te déranger.

– Diantre ! à quoi servirait un ami ? Je vais te dire quoi faire. Assieds-toi et écris ce soir, dit Herb Thompson, en se déplaçant d'un pied sur l'autre dans le hall. Tu oublieras l'Himalaya et la vallée des Vents et ton souci à propos des tempêtes et des ouragans. Écris un autre chapitre de ton prochain livre de voyages.

– Je pourrais faire ça, oui. Peut-être est-ce ce que je ferai. Je ne sais pas. Peut-être le ferai-je. Oui, je pourrais faire ça. Merci de te laisser ainsi ennuyer par moi.

– Au diable les remerciements ! Coupe maintenant, ma femme m'appelle pour dîner.

Herb Thompson raccrocha.

Il alla s'asseoir à la table du souper et sa femme s'assit en face de lui.

– C'était Allin ? questionna-t-elle. (Il acquiesça d'un signe.) Lui et ses vents qui se lèvent et ses vents qui s'abattent, et des vents qui soufflent chaud et d'autres qui soufflent froid ! dit-elle en lui tendant son assiette pleine.

– Il en a vu de dures dans l'Himalaya, pendant la guerre, dit Herb Thompson.

– Tu ne crois pas ce qu'il raconte à propos de la vallée, tout de même ?

– Ça fait une bonne histoire.

– Grimper partout, grimper sur tout. Pourquoi les hommes escaladent-ils les montagnes et s'épouvantent-ils eux-mêmes ?

– Il neigeait, dit Herb Thompson.

– Vraiment ?

– Et il pleuvait, il grêlait, il faisait un vent affreux, le tout à la fois, dans cette vallée. Allin me l'a raconté une douzaine de fois. Il le raconte bien. Il était à une assez forte altitude. Les nuages et tout. La vallée faisait un bruit !...

– J'ose dire qu'elle en faisait !

– Comme s'il y avait eu une foule de vents au lieu d'un seul. Des vents de tous les côtés du monde. (Il mangea une bouchée.) C'est ce que dit Allin.

– Pour commencer il n'aurait pas dû aller là et y regarder de près, dit-elle. On va, on va, on fourre son nez partout et tout aussitôt on se met à se faire des idées. Les vents vous deviennent hostiles, ils se fâchent contre vous à cause de votre intrusion, et ils vous suivent.

– Ne plaisante pas, Allin est mon meilleur ami, dit sèchement Herb Thompson.

– Tout cela est tellement absurde !

– Ça n'empêche qu'il en a vu de dures – et beaucoup. Cette tempête à Bombay plus tard, et le typhon au large de la Nouvelle-Guinée deux mois après. Et cette autre fois dans les Cornouailles.

– Je n'ai aucune sympathie pour un homme qui passe continuellement son temps à courir de tempête en ouragan et à qui ça finit par donner un complexe de persécution.

Le téléphone sonna juste à ce moment.

– Ne réponds pas, dit-elle.

– C'est peut-être important.

– Ce n'est qu'Allin, une fois de plus.

Ils restèrent là et le téléphone sonna à neuf reprises sans qu'ils répondent. Finalement, il se tut. Ils terminèrent leur dîner. Dans la cuisine, les rideaux voltigeaient doucement sous une petite brise qui entrait par une fenêtre entrouverte.

Le téléphone retentit encore.

– Je ne peux pas le laisser sonner, dit Herb – qui répondit :

– Oh ! hello, Allin.

– Herb ! Il est ici. Il est parvenu ici !

– Tu es trop près de l'appareil. Recule un peu.

– J'étais à la porte ouverte et je l'attendais. Je l'ai vu arriver par la grand-route, secouant tous les arbres, l'un après l'autre, jusqu'à ce qu'il secouât les arbres juste autour de la maison, et plongeât d'un élan vers la porte, et moi je lui ai claqué la porte à la figure.

Thompson ne dit rien. Il ne parvenait pas à trouver quelque chose à dire, sa femme le regardait, debout dans la porte du hall.

Il se décida finalement :

– Comme c'est intéressant.

– Il est tout autour de la maison, Herb. Je ne puis pas sortir à présent. Je ne peux rien faire. Mais je l'ai berné, je lui ai laissé croire qu'il m'avait, et juste comme il s'avançait pour me cueillir, j'ai claqué la porte et je l'ai verrouillée. J'étais prêt, tu comprends ; il y a des semaines que je m'y prépare.

– Non, c'est vrai ? Raconte-moi ça, Allin, mon vieux.

Herb Thompson jouait jovialement sa petite scène au téléphone, tandis que sa femme le regardait toujours et qu'il sentait son cou qui commençait à suer.

– Cela a commencé il y a six semaines.

– C'est vrai ? Voyez-vous ça !

– Je croyais que je l'avais battu. Je croyais qu'il avait renoncé à me poursuivre et à tenter de m'avoir. Mais il attendait, tout simplement. Il y a six semaines, j'ai entendu le vent rire et chuchoter aux quatre coins de ma maison, ici. Pendant une heure à peu près. Pas très longtemps, pas très fort. Et puis il est parti.

Thompson hocha la tête vers l'appareil :

– Ravi de l'apprendre, ravi de l'apprendre. (Sa femme l'observait.)

– Il est revenu la nuit suivante. Il a fait claquer les volets et fait voltiger des étincelles hors de la cheminée. Il est revenu cinq nuits de suite. Chaque fois un peu plus fort que la précédente. Quand j'ouvrais la porte de la rue, il entrait, se jetait sur moi, essayait de me tirer au-dehors, mais il n'était pas assez fort. Ce soir *il l'est*.

– Content de savoir que tu vas mieux, dit Thompson.

– Je ne vais *pas* mieux, dit Thompson. Qu'est-ce qui cloche de ton côté ? Ta femme écoute-t-elle ?

– Mais oui !

– Oh ! je vois ! Je sais que j'ai l'air d'un idiot.

– Pas le moins du monde. Continue.

La femme de Thompson retourna dans la cuisine. Il se détendit. Il s'assit sur une chaise basse près de l'appareil.

– Continue, Allin. Débarrasse-toi en racontant, tu dormiras mieux.

– Il est tout autour de la maison à présent, comme une grande machine à nettoyer par le vide, reniflant toutes les façades. Il secoue tous les arbres aux alentours, les entrechoque.

– C'est curieux, ça. Il n'y a pas de vent *ici*, Allin.

– Évidemment pas. Il ne s'occupe pas de toi, seulement de moi.

– Cela peut être une façon d'expliquer la chose.

– C'est un tueur, Herb. Le plus grand, le plus damné tueur préhistorique qui ait jamais poursuivi une proie. Un énorme limier renifleur qui essaie de me flairer, de me trouver. Il pousse son grand nez froid tout le long de la maison, prend l'air, et quand il me découvre au salon, c'est là qu'il appuie sa pression, et quand je suis dans la cuisine, il y va. Il essaie d'entrer par les fenêtres à présent, mais je les ai fait consolider et renforcer, j'ai fait mettre à la porte de nouveaux gonds et de nouveaux verrous. La maison est résistante. On bâtissait solide, aux jours d'autrefois. Maintenant, j'ai allumé toutes les lampes de la maison. Elle est entièrement éclairée, brillante du haut en bas. Le vent m'a suivi de chambre en chambre, regardant à toutes les fenêtres à mesure que j'allumais. Oh !...

– Qu'y a-t-il de cassé ?

– Il vient d'arracher la contre-porte de devant !

– Je voudrais que tu viennes passer la nuit ici, Allin.

– Je ne peux pas ! Grands dieux, je ne puis pas quitter la maison. Je ne peux rien faire. Je crains ce vent. Seigneur, il est grand, puissant et malin. J'ai essayé d'allumer une cigarette il y a quelques minutes – et un tout petit courant d'air a avalé la flamme. Le vent aime jouer des tours, il aime me harceler, il prend son temps avec moi, il a toute la nuit. Et maintenant, mon Dieu, en cet instant même, un de mes vieux livres de voyages sur la table de la bibliothèque, – je voudrais que tu puisses le voir. Une petite brise venant de Dieu sait quel minuscule trou dans la maison, une petite brise – fait voler les pages une à une. Je voudrais que tu puisses voir ça. Voilà mon introduction. Tu te rappelles l'introduction de mon livre sur le Tibet, Herb ?

– Oui.

– *Ce livre est dédié à ceux qui ont perdu la partie contre les éléments, écrit par un qui a vu, mais qui a toujours pu s'échapper.*

– Oui, je me souviens.

– Les lumières viennent de s'éteindre.

Le téléphone craqua.

– Les lignes électriques viennent de tomber. Es-tu là, Herb ?

– Je t'entends toujours.

– Le vent n'aime pas toutes ces lumières dans ma maison, il vient d'arracher les lignes. Le téléphone suivra probablement après. Oh ! c'est une vraie partie de plaisir, moi et le téléphone, je te le dis ! Attends une seconde.

– Allin ?

Un silence. Herb s'appuya contre le mur. Sa femme vint, de la cuisine, donner un coup d'œil. Herb Thompson attendait.

– Allin ?

– Me voilà revenu, dit la voix dans l'appareil. Il y avait un courant d'air sous la porte et j'y ai fourré du rembourrage pour empêcher que ça me souffle sur les pieds. Tout compte fait, je suis content que tu ne sois pas venu, Herb, je ne voudrais pas que tu sois dans ce gâchis. Là !... Il vient de briser une des fenêtres du living-room, c'est une vraie tempête à présent qui se déchaîne dans la maison, elle fait dégringoler les tableaux des murs ! L'entends-tu ?

Herb écouta. Il y avait au téléphone le mugissement d'une sirène folle, et un sifflement et des chocs. Par-dessus le vacarme, Allin cria :

– L'entends-tu ?

Herb avala, mais sa salive était sèche.

– Je l'entends.

– Il me veut vivant, Herb ! Il n'ose pas faire descendre toute la maison d'un seul coup : cela me tuerait. Et il me veut vivant. Il me veut vivant afin de pouvoir me déchiqueter, un doigt après l'autre. Il veut ce qu'il y a à l'intérieur de moi. Mon esprit, mon cerveau. Il veut ma puissance vitale, ma force psychique, mon ego. Il veut de l'intelligence.

– Ma femme m'appelle, Allin. Faut que j'aille essuyer la vaisselle.

– C'est un grand nuage de vapeurs, des vents venus du monde entier. Le même vent qui a rasé les Célèbes voici un an, le même pampero qui a tué en Argentine, le typhon qui s'est nourri de la substance de Hawaii, l'ouragan qui a bouleversé la côte d'Afrique cette année. C'est une partie de chacune de ces tourmentes auxquelles j'ai échappé. Il m'a suivi depuis l'Himalaya parce qu'il ne voulait pas que je sache ce que je sais au sujet de la vallée des Vents où il se rassemble et dresse ses plans de destruction. Quelque chose, il y a très longtemps, lui a donné un départ dans la direction de la vie. Je connais ses pâturages, je connais le lieu où il naît et celui où certaines de ses parties expirent. C'est pourquoi il me hait, et pour mes livres qui disent comment le vaincre. Il ne veut pas que j'en dise davantage, il ne veut plus que je prêche. Il veut m'absorber dans son corps immense, lui faire absorber ma science. Il me veut de son côté !

– Il *faut* que je raccroche, Allin. Ma femme...

– Quoi ?

Une pause. Le souffle du vent dans le téléphone, au loin.

– Que disais-tu ?

– Rappelle-moi dans une heure à peu près, Allin.

Il raccrocha.

Il s'en fut essuyer la vaisselle. Sa femme le regardait et regardait les assiettes et les plats, les frottait avec un torchon.

– Quel est le temps dehors, ce soir ? questionna-t-il.

– Beau. Pas très froid. Des étoiles. Pourquoi ?

– Pour rien.

Le téléphone sonna trois fois pendant l'heure suivante. A huit heures, les invités arrivèrent – Stoddard et sa femme. Ils restèrent à bavarder jusqu'à huit heures et demie et puis s'installèrent autour de la table de jeu, prirent les cartes et commencèrent à jouer à la canasta.

Herb Thompson mêla et battit les cartes à plusieurs reprises, avec des effets de crépitement, puis les plaqua une par une devant les trois autres joueurs. La conversation continuait à bâtons rompus. Il alluma un cigare, lui fit une fine pointe de cendre grise, disposa ses cartes dans sa main et, de temps en temps, leva la tête pour écouter. On n'entendait aucun son au-dehors de la maison. Sa femme le vit faire, et aussitôt il cessa – et se défaussa d'un valet de trèfle.

Il tira lentement sur son cigare et tous parlèrent tranquillement, avec parfois de petites explosions de rire, et la pendule du hall tinta doucement neuf heures.

– Nous sommes tous ici, dit Herb Thompson, retirant son cigare d'entre ses dents et le regardant pensivement. Et vraiment la vie est drôle !

– Hein ? dit M. Stoddard.

– Rien. Excepté que nous sommes ici à vivre nos vies, et ailleurs sur la terre un milliard d'hommes vivent leur vie.

– C'est là une affirmation on ne peut plus évidente.

– La vie, dit-il en replaçant son cigare entre ses lèvres, la vie est une chose solitaire. Même pour les gens mariés. Parfois, lorsque vous êtes dans les bras d'une personne, vous vous sentez à un million de milles de là.

– J'aime *ça !* dit sa femme.

– Je ne l'entends pas ainsi, expliqua-t-il sans hâte ; ne se sentant en rien coupable, il prenait son temps. Je veux dire que tous nous croyons ce que nous croyons et vivons nos petites vies personnelles tandis que d'autres personnes en vivent d'entièrement différentes. Je veux dire que nous sommes assis dans cette pièce avec nos cartes, alors qu'un millier de gens se meurent. Les uns de cancer, les autres de pneumonie, d'autres encore de tuberculose. J'imagine qu'en cet instant même, aux États-Unis, quelqu'un meurt dans une voiture démolie.

– Ce n'est pas là une conversation extrêmement stimulante, dit sa femme.

– Je veux dire que nous vivons tous sans penser à ce que pensent les autres, à la façon dont ils vivent leur vie ou dont ils meurent. Nous attendons jusqu'à ce que la mort *vienne à nous.*

Je veux dire que nous sommes là, assis avec assurance et bien d'aplomb sur les os de nos fesses, cependant qu'à trente milles d'ici, dans une vieille maison solitaire, entièrement entourée de nuit et de Dieu seul sait quoi, un des plus chics types qui ait jamais vécu est...

– Herb !

Il souffla une bouffée de fumée, mâchouilla le bout de son cigare et regarda ses cartes sans les voir.

– C'est à moi ?

– C'est à toi.

La partie continua tout autour de la table, avec des cartes qui voltigeaient au bout des doigts, des murmures, une conversation. Herb Thompson s'enfonça davantage dans son fauteuil, s'enfonça, commença à sembler malade.

Le téléphone sonna. Thompson bondit et courut vers l'appareil, décrocha d'une vive secousse.

– Herb ! J'ai appelé, et rappelé, et rappelé encore. De quoi ça a-t-il l'air chez toi, Herb ?

– Que veux-tu dire, de quoi ça a-t-il l'air ?

– Est-ce que les gens sont venus ?

– Diable oui !

– Êtes-vous en train de parler et de rire et de jouer aux cartes ?

– Bon sang, oui, mais...

– Épatant, dit la voix au téléphone. Ça, c'est épatant. Je voudrais pouvoir être là. Je voudrais ne pas connaître les choses que je connais, ne pas savoir ce que je sais. Je voudrais des tas de choses.

– Te sens-tu bien ?

– Jusqu'ici ça va. Je suis à présent enfermé dans la cuisine. Une partie du mur de façade de la maison s'est écroulé. Mais je prépare ma retraite. Aussitôt que la porte de la cuisine cède, je plonge dans la cave. Si j'ai de la chance, je puis tenir le coup jusqu'au matin. Il faut qu'il mette toute la foutue maison en morceaux pour arriver jusqu'à moi, et le sol de la cave est assez solide. J'ai une pelle, et je pourrai creuser plus profond...

Il sembla à Thompson que quantité d'autres voix s'entendaient dans le téléphone.

– Qu'est-ce que c'est que *ça* ? questionna-t-il, glacé, frissonnant.

– Ça ? Ce sont les voix de douze mille tués dans un typhon, de sept mille tués par un ouragan, de trois mille ensevelis par un cyclone. Est-ce que je t'ennuie ? C'est là ce qu'est le vent. C'est une quantité d'humains morts. Le vent les a tués, leur a pris leur esprit pour s'en faire une intelligence. Il a pris toutes leurs voix, et en a fait une voix. Tous ces millions de gens tués au cours des dix mille dernières années, torturés et lancés de continent à continent, sur le dos et dans le ventre des moussons et des tourbillons. Oh ! Seigneur ! quel poème tu pourrais écrire là-dessus.

Le téléphone retentissait de voix, de cris, de gémissements, frémissait d'échos innombrables.

– Reviens, Herb, cria sa femme, depuis la table de jeu.

– C'est ainsi que le vent devient chaque année plus intelligent. Il s'ajoute corps après corps, vie après vie, mort après mort.

– Nous t'attendons, Herb, cria sa femme.

– Zut ! fit-il, se retournant, montrant presque les dents, grondant presque. Vous pouvez bien attendre un moment, non ?

Puis, revenu face au téléphone :

– Allin, si tu veux que je vienne à présent, je viendrai. J'aurais dû le faire plus tôt...

– Je ne voudrais même pas y penser. C'est une bagarre à base de vieilles rancunes, je ne voudrais pas que tu sois pris là-dedans. Je ferais mieux de raccrocher. La porte de la cuisine a l'air malade ! Je vais devoir descendre à la cave.

– Rappelle-moi plus tard.

– Peut-être, si j'ai de la chance. Je ne crois pas que je m'en tirerai. J'ai filé bien des fois hors de sa prise, j'en ai souvent réchappé, mais ce coup-ci je crois qu'il me tient. J'espère ne pas t'avoir trop dérangé, Herb.

– Tu n'as dérangé personne, bon sang. Rappelle-moi.

– J'essaierai...

Herb Thompson retourna vers le jeu de cartes. Sa femme lui lança un regard indigné.

– Comment va ton ami Allin ? Est-il sobre ?

– Il n'a jamais pris un verre de sa vie, dit Thompson, morose, tout en se rasseyant. J'aurais dû aller là-bas depuis des heures.

– Mais il t'a appelé chaque soir depuis six semaines et tu es allé au moins dix fois passer la nuit avec lui, et rien ne clochait.

– Il a besoin d'aide. Il pourrait se blesser.

– Tu y es allé il y a deux nuits. Tu ne peux pas passer ta vie à courir derrière lui.

– La première chose que je ferai demain matin sera de l'emmener dans une maison de repos. Je ne voulais pas. Il est si raisonnable en dehors de cela.

A dix heures et demie le café fut servi. Herb but le sien lentement, le regard fixé sur le téléphone. « Je me demande s'il est dans la cave à présent », pensa-t-il. Il alla jusqu'à l'appareil, demanda la longue distance, donna le numéro.

– Je suis au regret, dit l'opérateur. Les lignes sont coupées dans cette région. Dès qu'elles seront réparées, nous ferons passer votre appel.

– Les lignes téléphoniques *sont* vraiment brouillées, cria Thompson, lâchant le récepteur.

Se retournant, il ouvrit brutalement la porte du placard et en tira son manteau.

– Oh ! Seigneur ! gémissait-il. Oh ! Seigneur ! répéta-t-il, tourné vers ses hôtes stupéfaits et vers sa femme qui restait debout la tasse de café à la main.

– Herb ! cria-t-elle.

– Il faut que j'y aille, répondit-il, enfilant son pardessus.

Il y eut un faible et doux mouvement à la porte.

Dans la pièce, chacun se redressa, tendu, silencieux, attentif.

– Qu'est-ce que ça pouvait bien être ? demanda sa femme.

Le faible mouvement fut répété, avec beaucoup de calme douceur.

Thompson se hâta de dévaler le hall, s'arrêta, en alerte ; dehors, il entendit, très faible, un rire.

– Ah ! ça, alors !... dit Thompson, qui posa la main sur le bouton de la porte.

Agréablement surpris. Soulagé.

– Je reconnaîtrais ce rire n'importe où. C'est Allin. Il est tout de même arrivé en voiture. Pas pu attendre jusqu'au matin pour me raconter ses sacrées histoires. (Il eut un pâle sourire.) A probablement amené des amis avec lui. On dirait qu'un tas d'autres...

Il ouvrit la porte...

Le perron était vide.

Thompson ne manifesta aucune surprise. Son visage prit une expression d'amusement et de malice. Il rit.

– Allin ? Pas de blague maintenant. Amène-toi.

Il alluma la lanterne du perron et regarda dehors et aux alentours.

– Où es-tu, Allin ? Amène-toi, voyons.

Une brise lui souffla au visage. Il attendit un moment, soudain gelé jusqu'aux moelles. Il sortit sur le perron et, très mal à son aise mais très attentif, regarda tout autour de lui. Rien. Personne. Un soudain coup de vent s'engouffra dans son manteau, en fit voltiger les pans, ébouriffa ses cheveux. Il pensa entendre de nouveau le rire... Le vent fit le tour de la maison, en un cercle continu, appuyant sa pression partout à la fois, ragea en tempête puis, après une minute entière, s'en alla...

Le vent s'éteignit tristement, gémissant dans les grands arbres, partant plus loin... retournant vers la mer, vers les Célèbes, vers la Côte-d'Ivoire, vers Sumatra, vers le cap Horn, vers les Cornouailles, vers les Philippines... S'éteignant progressivement, faiblissant.

Thompson restait là, glacé.

Il rentra, ferma la porte, s'y adossa, ne bougea plus, les yeux clos.

– Qu'est-ce qui ne va pas ?... questionna sa femme.

1943

Titre original : *The Wind*

(Traduit de l'américain par Doringe.)

Alexandro Jodorowsky

LES FRÈRES SIAMOIS

– Je suis un monstre. Un corps étranger pend à ma tête. Je traîne un intrus.

– Il m'est doux d'avoir deux corps et une tête, je suis un être privilégié. Jamais, certes, je ne connaîtrai la solitude.

– L'infirmière, les autres infirmes et le médecin-chef pensent que je suis un inutile, que je mange exagérément et que je suis de trop en ce monde. Je le sais. Aussi est-il probable qu'ils vont me tuer.

– Ma chambre est la meilleure : elle a vue sur la mer. J'aimerais avoir l'infirmière à mes côtés pour laisser mes regards explorer l'horizon en sa compagnie.

– L'autre jour, le bossu m'a coincé dans un couloir, a examiné mes pieds avec mépris et m'a dit : « Vrai, tu coûtes deux fois plus de souliers que n'importe lequel d'entre nous. »

– Et voici la brise, la fraîche brise. Les poissons volants planent auprès des mouettes.

– Je sais que les médecins en ont assez de me nourrir pour rien. D'un moment à l'autre, ils vont m'autopsier pour pouvoir m'analyser. Mais je partirai avec mes quatre chaussures.

– La mer vient se briser doucement sous les fenêtres. Nous sommes au premier jour de l'été. Ah ! je suis heureux.

– Et je ne les rendrai pas ! Je préfère les brûler auparavant !

– Le vent porte l'odeur des arbres et... Mais que se passe-t-il ? Mon autre corps se saisit des souliers... il veut les jeter dans le chemin. Non !

– Intrus ! Crétin... Le voilà qui lutte avec moi. Je pourrais plonger mes mains dans sa poitrine et lui écraser le cœur, mais ce serait ma propre perte. Je vais attendre une meilleure occasion.

– Ah ! il se calme, je commençais à m'inquiéter... Bah ! Ce doit être la chaleur, la félicité venue de l'été qui le font agir ainsi. Parfois il m'arrive même de me demander si mon autre corps possède volonté et conscience.

– Il ne me les a pas laissé brûler ! Penserait-il ? Non, ce n'est pas possible, la tête est tout entière mienne.

– Et voici l'infirmière qui me frotte les épaules, les ventres, puis, après m'avoir vêtu de deux habits blancs, me conduit à la salle d'exposition.

– Le bossu, la femme-chien et le vieillard sans bouche crèvent de dépit parce que je suis le préféré des touristes.

– L'infirmière joue du violoncelle pour que je danse. Quand elle me voit défaillir d'épuisement, elle me réconforte d'un doux regard.

– Femme stupide, qu'elle joue mal ! Elle me dit toujours : « Tire la langue, s'il te plaît. Fais rouler tes yeux, s'il te plaît. Remue la jambe numéro quatre, s'il te plaît. Avec la main gauche du corps de droite, gratte-toi la fesse droite du corps de gauche, s'il te plaît. » *S'il te plaît, s'il te plaît !* Je la tuerai !

– Les autres infirmes me font de la peine : aucun touriste ne se tient devant eux. Ils les examinent avec répugnance et préfèrent venir me regarder danser avec mes quatre chaussures.

– Si je supporte les regards impertinents de cette fille, c'est seulement pour l'envie qu'ils causent au bossu. C'est ma vengeance.

– Quelle chaleur ! D'un côté cela m'ennuie de transpirer, d'un autre je suis content : elle aussi ruisselle entre ses draps.

– Je suffoque. Je ne transpire presque jamais, mais le corps inutile est insupportable : c'est une véritable fontaine. J'en ai assez de lui. Qu'est-ce que ça signifie d'avoir un autre corps accroché à ma tête, et faisant des mouvements que je ne puis contrôler ?

– J'imagine ses mouvements au lit, nue, mouillée comme moi. Une température commune nous unit. Et, pourtant, c'est impossible : je suis un homme qui a un corps de trop. C'est cela. Ce corps fait des mouvements que je ne puis contrôler, mais le cerveau est bien mien. Comment ne le saurais-je pas, alors que je pense tout le temps ? A chaque instant je suis là, il n'y a pas de place pour un autre... Après tout, un corps de trop ne gêne per-

sonne. Pourquoi ne pas tenter ma chance avec l'infirmière, puisque je l'aime ?

– J'en ai assez des médecins, du bossu et, par-dessus tout, de la maudite infirmière. Jusqu'à quand supporterai-je d'être humilié par son violoncelle ? Je suis une marionnette dansante. Allons, il me faut me révolter, commettre un acte terrible qui leur montre qui je suis, avant qu'ils me sacrifient. Je vais la tuer ! Allons à sa chambre.

– *Mes tendres sentiments doivent être partagés ! Si je la désire, elle me désire. En tant qu'homme, je dois prendre une décision : tous dorment avec cette chaleur, il n'y a pas de gardes dans le couloir. Allons à sa chambre.*

– Il n'y a pas de gardes. Je l'étoufferai sous son oreiller.

– *Je me glisse silencieusement dans le couloir.*

– L'autre corps marche de concert avec moi. Jamais nous n'avons été si bien coordonnés.

– *J'ouvre la porte.*

– Mon cœur bat.

– *Mon cœur bat. J'étends mes bras vers elle pour la saisir tendrement.*

– Je vais l'étrangler.

– *Mon bonheur va commencer. Réveille-toi, mon amour... Mais que se passe-t-il ? Au secours ! L'autre corps lui saisit le cou. Ah ! je suis désespéré.*

– Encore ce crétin ; il me prend les poignets, il m'empêche de consommer ma vengeance. Hélas, hélas, elle a eu le temps de saisir le fouet. Elle hurle.

– *Aïe ! Quelle douleur ! Non seulement elle frappe l'autre corps qui est le véritable coupable, mais également moi... moi qui l'aime tant.*

– Ils arrivent avec une double camisole de force. Ils me garrottent. Jamais plus je ne pourrai sortir ; mais si jamais je le pouvais, j'allumerais aussitôt un feu dans ma cellule et j'incendierais l'asile.

– *Une double camisole de force... Elle a dû être faite spécialement pour moi. Ainsi, ils me suspectaient. Pourquoi ? Puisque je n'ai jamais été violent ! Mais j'y pense, l'autre corps a tenté d'étrangler l'infirmière. Ce fut un geste guidé par une volonté propre. Où est-elle cachée ? Cela ne peut être que dans ma tête.*

– Il m'a empêché de la détruire. Ce fut un geste guidé par une volonté propre. Où est-elle cachée ? Cela ne peut être que dans ma tête.

– Elle m'a frappé aussi bien que le coupable.

– Ils ont apporté une double camisole de force, bien que l'autre l'ait défendue.

– Elle pense que je suis un seul individu, mais j'ai bien peur d'être deux.

– Ils pensent que je suis un seul individu, mais j'ai bien peur d'être deux.

– Ma tête ne m'appartient pas entièrement. Une partie dépend de l'autre.

– L'autre corps ne me domine pas, et je ne le domine pas davantage. J'en déduis que la moitié de mon cerveau lui revient. Je ne sais pas ce qu'il pense, mais il peut me surveiller, de cela je suis sûr. D'ailleurs, comment prouver le contraire ? Il peut être un espion conscient de toutes mes pensées, un parasite de mon être.

– Comment savoir si ce que je crois être mes propres pensées ne sont pas celles de l'autre ? Comment être sûr que je ne suis pas une création de son esprit ? Ou peut-être un robot pour l'entretenir ?

– Voyons, nos quatre jambes marchent à l'unisson ; or, seul, je ne peux en contrôler que deux. C'est donc probablement lui qui contrôle les quatre. C'est donc probablement lui qui possède les deux corps et la tête : après tout, il est bien possible que je n'existe pas.

– Il est bien possible que je n'existe pas. Mais comment m'en rendre compte ?

– Si je « me rends compte » de « moi-même », c'est que je ne suis pas moi-même. Qui « se rend compte » est autre. Ou bien je suis « moi-même », ou bien je suis « celui qui se rend compte ». Et je peux en être aussi un troisième ou un quatrième, et ainsi à l'infini. Le bossu et les autres monstres peuvent faire partie de mon corps.

– L'asile entier peut être un seul individu, et nous les infirmes, et les médecins, et l'infirmière, partie d'un tout. Mais l'essentiel m'échappe. Celui qui pense pour tous n'est pas moi.

– Ce n'est pas moi. Quelqu'un me fait penser. Dans l'asile,

nous nous mouvons comme les pièces d'un jeu d'échecs. Nos pas sont marqués à l'avance, c'est horrible. Je veux être moi-même !

– *Après tout, cette connaissance me rapproche d'une certaine félicité. Je suis un et en même temps je n'existe pas. Je suis en communion avec l'asile, je participe à l'âme de l'infirmière...*

– Élucubrations absurdes : je suis prisonnier ici. L'autre corps pend à ma tête comme un appendice stupide. Les médecins vont venir m'éliminer d'un moment à l'autre. Ah ! si j'avais des allumettes...

– *Désormais je ne ferai plus un mouvement de moi-même. Je vais rester ici, immobile, à attendre les ordres. L'asile me dira ce que je dois faire, ce que je dois penser.*

– Le voici maintenant qui se laisse tomber et m'oblige à le soutenir. C'est un comble ! Ah ! j'en ai assez ; la fenêtre est ouverte. Avant que les autres le fassent, je préfère me supprimer.

– *L'autre se dirige vers la fenêtre. Il est doux d'être soutenu. J'entends la mer qui, en bas, vient se briser contre les murailles. Elle aussi fait partie de l'asile. Et je fais partie de la mer...*

– Allons-y ! Disparaissons ! J'espère bien que les requins mangeront toutes mes chaussures...

– *Ma tête et ses deux corps tombent lentement. Nous allons vers la mer, vers l'asile, vers l'infirmière. Nous allons nous réunir en une seule chose. Je suis heureux.*

– Comme je crève maintenant, j'espère qu'un jour ils crèveront tous !

1965

Titre original : *Los hermanos siameses.*
Extrait de *Cuentos Pánicos.*
(Traduit par Jacques Sadoul.)

NOTICES BIOGRAPHIQUES

Bradbury, Ray (1920) : Très tôt, cet écrivain américain fut un passionné de magazines de science-fiction. En tant que fan et sur les conseils de son ami Forrest J. Ackerman, il édita son propre fanzine, *Imagination*. Cependant aucun des récits que Bradbury soumit en 1937 aux différentes revues professionnelles ne fut accepté. C'est seulement avec *Pendulum*, écrit en collaboration avec Henry Hasse, qu'il fut édité quatre ans plus tard dans *Super Science Stories*. *Weird Tales* et *Planet* lui ouvrirent alors leurs portes. On l'y retrouva avec une certaine régularité. Au début ce furent surtout des nouvelles fantastiques que Bradbury réussit à placer, mais c'est dans la science-fiction que le jeune homme voulait s'affirmer. Pourtant John W. Campbell, le rédacteur en chef d'*Astounding Stories*, la meilleure revue de l'époque, refusa tous ses récits à l'exception d'un seul, il ne les trouvait pas assez scientifiques. Le mépris des grandes revues de science-fiction eut pour résultat paradoxal de faire connaître Bradbury par un plus large public. Son agent littéraire avait obtenu que ses textes soient pris dans des magazines à grand tirage (*Collier's, Mademoiselle...*). Ce fut au cours des années 1940-1950 que Bradbury rédigea les récits qui sont aujourd'hui devenus des classiques du genre, qu'il s'agisse des nouvelles réunies en recueils tels que *Chroniques martiennes*, *L'Homme illustré* et *Le Pays d'octobre* (d'où est tiré « Le Vent ») ou le roman *Fahrenheit 451*. L'histoire qui conclut les *Chroniques martiennes*, « Le Pique-Nique d'un million d'années », fut publiée la première dans *Planet Stories* en 1946, toutes celles qui la précèdent dans le volume paru en librairie furent écrites plus tard. Il s'en dégageait une vision nostalgique, récurrente dans l'œuvre de Bradbury, à savoir le regret du passé, la peur de la technique et le rejet de la science. *Fahrenheit 451* fut lui-même conçu à partir d'une nouvelle « The Fireman ». 451 représentait le degré de température où le papier prend feu. Dans cette histoire, les pompiers avaient pour objectif, non de combattre les incendies, mais de mettre le feu aux livres et à tous les imprimés qu'ils pouvaient découvrir. Dans ce roman pessimiste, l'individu n'avait pas le droit à la réflexion, il devait se fondre dans une masse privée de libre arbitre. Seul Montag, le pompier qui s'est adonné en cachette à la lecture, s'oppose à cette société qui désormais le pourchasse. François Truffaut a adapté cette œuvre à l'écran. Bradbury s'est lui-même tourné vers le cinéma puisqu'on lui doit un grand travail de scénariste pour le *Moby Dick* de Huston. Aujourd'hui il continue de publier régulièrement un recueil de nouvelles par an.

Brion, Marcel (1895-1984) : Cet écrivain et essayiste français est né d'une famille mi-provençale, mi-irlandaise (O'Brion). Inscrit au barreau de Marseille et une fois licencié en droit, il se consacre à l'écriture à l'âge de trente ans. La Renaissance italienne le passionnant, il se distingue dans des ouvrages sur *Léonard de Vinci* ou *Machiavel*. Ce critique d'art publie ensuite quelques études dont l'*Art fantastique* en 1961 avant de se tourner vers les cultures celte et germanique. *L'Allemagne romantique*, paru en quatre volumes, illustre son attirance pour un romancier tel que Goethe ou le compositeur Schumann et entraîne le lecteur sur les traces du voyage initiatique. Élu à l'Académie française en 1964, Marcel Brion s'est également distingué dans des nouvelles fantastiques (écrites dès 1935) et des romans relevant d'un même imaginaire (*La Folie Céladon, Château d'ombres, La Fête de la tour des âmes, L'Enchanteur*...). Ses récits semblent pourtant au premier abord réalistes, sûrement parce que pour Brion le fantastique est simple et omniprésent. Le héros de « La Robe bleue » face au surnaturel conclut : « Tout cela était si naturel, si pur, si évident. » Il suffit de porter son regard sur le monde, et celui-ci se fait théâtre de merveilles. L'écrivain a lui-même déclaré qu'il s'était senti dans l'obligation d'écrire quelques-uns de ses textes tels qu'ils lui étaient apparus, voire tels qu'il les avait vécus. Le fantastique se dévoile parfois dans des allers-retours entre le passé et le présent, entre la veille et le songe. Ses protagonistes se meuvent réceptifs à ce qui les environne, libres de pénétrer dans une autre dimension « avec la trop prompte curiosité du voyageur qui espère de toute ville nouvelle la révélation d'un fantastique imprévu » (*L'Enchanteur*).

Brown, Fredric (1906-1972) : Cet écrivain américain fit d'abord carrière dans le journalisme avant de se consacrer au roman policier puis aux récits de science-fiction. S'il publia sa première nouvelle du genre relativement tard, en 1941, il en composa par la suite des centaines. Souvent très courtes, ce sont des textes à chute. « Du sang ! » est extrait du recueil connu en France sous le titre de *Lune de miel en enfer*. C'est principalement sous l'angle humoristique que Fredric Brown se distingua. Ainsi son premier roman, *L'Univers en folie* (1948), est un récit délirant sur le thème des univers parallèles. Dans la même veine, en 1954, il reprend l'idée, chère à H. G. Wells, d'une invasion des Martiens sur Terre dans *Martiens, go home !* Cependant ici les envahisseurs ne sont pas des monstres hostiles mais des sortes de petits lutins verts qui n'ont aucune difficulté à passer au travers des portes et des murs. S'ils se contentent tout d'abord d'observer les humains qui les approchent, rien ne leur résiste, ni les secrets d'État, ni les coffres privés des banques, et leur plus grande satisfaction réside dans la divulgation de secrets militaires ou d'ordre privé.

Dumas, Alexandre, père (1802-1870) : Fils d'un général de division, Dumas fut tout d'abord clerc d'avoué. En 1823, il monta à Paris et entra comme expéditionnaire dans les bureaux de la chancellerie du duc d'Orléans. Mais il désirait déjà se faire une place dans le monde littéraire, aussi il entreprit de combler les lacunes dans son instruction. S'il parvint à publier quelques poèmes et nouvelles, c'est le théâtre qui le tentait. Dès 1825, ses vaudevilles furent représentés aux théâtres du Boulevard et, quatre ans plus tard, ce fut le triomphe à la Comédie-Française avec son drame *Henri III et sa cour*. Ce passionné d'Histoire et d'auteurs tels que Shakespeare, Byron ou Walter Scott devint un des dramaturges romantiques les plus appréciés. Pourtant le lecteur d'aujourd'hui retient surtout son parcours de romancier. Parmi ses très nombreuses œuvres (pas toujours intégralement rédigées par lui mais aussi par son « nègre » Maquet), il faut citer *Les Trois Mousquetaires, Vingt Ans après, Le Comte de Monte-Cristo, La Reine Margot...* Cet auteur populaire n'est certes pas réputé pour son goût du surnaturel et pourtant spectres et vampires se côtoient dans *Les Mille et Un Fantômes* (1849). La nouvelle « Le Bracelet de cheveux » est extraite de cet ouvrage fait d'histoires indépendantes contées par des convives durant un dîner. Cette touche fantastique se retrouve encore dans des romans tels que *Le Château d'Eppstein* (1844) et *Le Trou de l'enfer* (1851) ou encore dans le drame *Le Vampire* (1851). Plus surprenant, *Le Meneur de loups* de 1857 apparaît comme le premier texte important de garouage en France. A partir de 1830, presque tous les auteurs français, surtout les romantiques, composèrent des textes terrifiants en se servant du procédé de l'horreur, mais bien peu offrirent une place de choix au loup-garou. Le vampire une fois encore attirait plus et seule l'Angleterre s'était intéressée à l'homme-loup des légendes. Si le thème lycanthropique est abordé en 1866 par l'écrivain Erckmann-Chatrian dans la longue nouvelle « *Hugues-le-loup* », il n'y a pas de métamorphose. Le héros de Dumas assume en revanche la transformation lupine au moyen d'un pacte passé avec un envoyé de Satan. On regrette seulement que cet épisode ne constitue que la fin de l'œuvre. Si la critique littéraire ne ménage pas toujours Alexandre Dumas, de son vivant les journaux le sollicitèrent constamment pour faire paraître ses romans sous forme de feuilletons. Il demeure cependant aujourd'hui toujours l'un des romantiques les plus appréciés.

Farrère, Claude (1876-1957) : Écrivain français, de son vrai nom Frédéric Charles Bargone, il fut officier de marine avant de devenir conférencier et romancier. Il resta plusieurs années en Extrême-Orient, ce qui lui servira plus tard de décor dans ses récits *Fumée d'opium* (1904) et *Les Civilisés* (1906) qui reçut le prix Goncourt. Son œuvre fut alors classée dans la littérature dite « exotique ». S'il s'adonna également au roman de mœurs, aux travaux historiques et au théâtre, ce membre de l'Académie française (à partir de 1935) sut se distinguer dans le genre fantastique et fut l'un des précurseurs de la S.-F. C'est cette facette de l'écrivain qui est la plus méconnue. Déjà amorcé dans certains textes de *Fumée d'opium*, un surnaturel vampirique parcourt *La Maison des hommes vivants* (1911) traité sous forme d'anticipation scientifique. « Les Deux Masques de cire » sont tirés du recueil *L'Autre Côté* (1928) où ils sont précédés de l'étonnante longue nouvelle « Où ? » parfois comparée au « Horla » de Maupassant. J.-B. Baronian en parle comme « d'un itinéraire *mathématique* ». Le dernier chapitre se nomme ainsi « Racine Carrée de [moins l'imaginaire] ».

Flaubert, Gustave (1821-1880) : Très tôt, cet écrivain français se sentit attiré par l'écriture. Certains de ses écrits de lycéen furent ainsi publiés dans un petit journal, *Le Colibri*. Considéré aujourd'hui comme un maître du roman réaliste, Flaubert, dans ses œuvres de jeunesse, montra pourtant l'influence qu'eurent sur son imagination Goethe, Hoffmann, Hugo et Byron ainsi qu'en témoignent sa nouvelle fantastique « Rêve d'enfer » mais aussi le texte autobiographique *Mémoires d'un fou* (1836) et son roman *Smarh* (1839). Il affichait alors à cette époque un tempérament romantique, ce qui se traduisait par une imagination enflammée et une attirance pour le surnaturel. Cependant on décèle déjà, dès les premiers écrits, les esquisses de *L'Éducation sentimentale* et de *La Tentation de saint Antoine*. Une fois bachelier, Flaubert se lança sans enthousiasme en 1841 dans des études de droit à Paris tandis que, deux ans plus tard, il se mettait à rédiger une première version de *L'Éducation sentimentale*. Aussi lorsque le jeune homme est bientôt sujet à une maladie nerveuse qui ne le quittera plus, il choisit de se consacrer entièrement à la littérature. La *Correspondance* de Flaubert en treize volumes permet aujourd'hui de mieux cerner l'écrivain. Un homme pétri de contradictions qui bride sa fougue, son impétuosité par souci de positivisme. Son engouement pour cette philosophie est tel qu'il veut appliquer au roman les méthodes des sciences biologiques. Ainsi avant de rédiger *Salammbô*, il réunit une documentation aussi importante que pour la rédaction d'un livre d'histoire. Il fait de même en préparant *Bouvard et Pécuchet*, on raconte qu'il parcourut plus de mille cinq cents ouvrages avant d'entreprendre son propre livre. Même si *Madame Bovary* lui a demandé probablement moins de recherche, Flaubert a étudié la psychologie de très nombreuses femmes avant de donner vie à son Emma. Aussi faut-il plutôt prendre pour une boutade sa déclaration tonitruante : « Emma Bovary, c'est moi. » Ce roman, jugé par beaucoup immoral, fit scandale lors de sa première parution dans *La Revue de Paris* en 1856. Flaubert fut poursuivi puis acquitté au cours du procès qui s'ensuivit. Ses démêlés avec le Parquet impérial contribuèrent cependant au succès du livre. Chacune de ses œuvres ne fut pas à l'époque aussi bien accueillie, tous ses contemporains n'avaient pas entrevu le rôle essentiel de Flaubert dans l'évolution de la littérature pour des décennies, peut-être même jusqu'à l'apparition du Nouveau Roman.

HUGO, Victor (1802-1885) : Fils d'un colonel puis général de l'Empire, cet écrivain et poète français suivit sa famille en Italie et en Espagne avant de revenir s'installer à Paris. Très vite il trouva sa vocation puisqu'en 1816 il déclara : « Je veux être Chateaubriand ou rien. » Dès l'âge de quinze ans, ses premières œuvres furent couronnées par l'Académie française puis en 1819 par l'Académie des jeux Floraux de Toulouse. Il rédigea un an après son premier roman *Bug-Jargal* et créa avec ses deux frères, Abel et Eugène, *Le Conservateur littéraire*. Victor Hugo ne tarda pas à devenir le porte-parole des écrivains romantiques (*Préface de Cromwell*). Il se distingua tout au long de son existence avec tant de brio dans des genres aussi variés que la poésie, le roman et le théâtre (*Hernani, Notre-Dame de Paris, Ruy Blas, Les Contemplations, La Légende des siècles, Les Misérables*...) qu'il demeure aujourd'hui l'une des plus importantes personnalités littéraires du XIXe siècle. Il sut exercer une véritable influence sur Rimbaud, Baudelaire ou Mallarmé et ensuite sur les surréalistes. Ce fut un auteur engagé aussi bien sur le plan moral que politique. Toutefois il n'était pas insensible aux exigences des lecteurs de l'époque, ainsi il remania six ans après sa première rédaction de *Bug-Jargal* en introduisant le personnage d'un atroce sorcier. Il s'était déjà adonné à la veine frénétique avec *Han d'Islande* en 1823. Plus âgé, Hugo estimera ces deux œuvres trop extravagantes. Un temps attiré par le roman noir, Hugo n'imagina cependant jamais un seul récit surnaturel, cependant il exprima un goût certain pour les spéculations imaginaires et fit intervenir dans ses textes des personnages propres à de telles œuvres comme le démon. Dans *Le Rhin*, dont est extrait « Le Diable chiffonnier », Victor Hugo conte au lecteur les déconvenues de Satan qui apparaît sous les traits d'Urien, d'Asmodée et de Belzébuth. Dieu et les hommes ne sont pas dupes de ses tours et c'est le Diable qui en ressort ridiculisé. Issu d'un projet poétique de plus grande envergure, l'auteur commence en 1854 *La Fin de Satan* qui restera inachevé. Ici le fantastique n'est plus de mise, désormais règnent dans ses écrits mysticisme et occultisme. Durant sa rédaction, Hugo était alors en exil à Jersey et expérimentait le spiritisme en faisant tourner les tables. Des esprits semblaient lui dicter de nouveaux vers.

JODOROWSKY, Alexandro (1929) : Chilien d'origine russe, Jodorowsky a surtout vécu au Mexique puis en France, il est aujourd'hui l'un des scénaristes de bande dessinée les plus réputés en particulier depuis la sortie de l'*Incal* illustré par Moebius (1981). S'il s'est passionné pour la poésie dès l'adolescence, cet auteur se distingua de diverses façons dans le domaine du spectacle. Acteur de théâtre, Jodorowsky voulut s'assurer qu'il pouvait réussir sans paroles et s'adonna au mime. Il rédigea alors des sketches pour Marceau qu'il continue à interpréter. En 1962, il créa le mouvement Panique avec Arrabal et Topor, ce dernier publia un recueil intitulé *Dessins paniques* (en 1965) et Jodorowsky, la même année, trois volumes *Teatro pánico*, *Juegos pánicos* et *Cuentos pánicos* dont est extrait le présent texte. La carrière de metteur en scène le tenta ensuite, on se souvient de ses films, *La Montagne sacrée* et le western mystique *El Topo*. Ses fans restent convaincus qu'il aurait réalisé une meilleure adaptation du roman de S.-F. *Dune*, sur laquelle il avait travaillé un an, que David Lynch. Jodorowsky se laissa alors entraîner dans l'univers de la B.D. Aujourd'hui, on peut rencontrer chaque mercredi « Jodo » dans un café où il tire les cartes du tarot. Il y a quelques années il utilisait même un jeu complété par des lames blanches ou noires qui modifiaient son interprétation.

Porges, Arthur (1915) : Ce professeur de mathématiques américain commença à publier de la science-fiction en 1951 avec sa nouvelle « Les Rats » dans *Man's World*. A partir de cette date, il rédigea environ soixante-dix récits relevant aussi bien de la science-fiction que du fantastique mais ses textes n'ont jamais été réunis en recueil. L'influence de cet auteur dans le domaine de l'imaginaire reste par conséquent amoindrie. Son nom est néanmoins familier aux anciens lecteurs de la revue *Fiction*, l'édition française de *The Magazine of Fantasy and Science-Fiction*, qui publia dès son premier numéro (octobre 1953) « La Mouche » (1952). Il s'agit d'un des textes les plus connus de Porges tout comme « Le Ruum » (1953) qui parut ensuite. L'un de ses thèmes de prédilection est la lutte d'un homme seul contre une force qui le dépasse, qu'il s'agisse d'un animal super-intelligent ou d'un monstre mécanique, mais cela ne l'empêcha pas de traiter de sujets plus légers sur un mode humoristique. Il publia aussi sous les pseudonymes de Peter Arthur et de Pat Rogers.

Wilde, Oscar (1854-1900) : La mère de cet écrivain irlandais se distingua la première en tant que poétesse, critique et traductrice et, comme elle, Oscar Wilde vécut pour l'art et fut épris de beauté. Doué et excentrique, Wilde le fut dès sa scolarité à Dublin puis à Oxford. Ses écrits étaient encore peu nombreux (*Ravenne* de 1878 et les *Poèmes* de 1881) lorsque ses talents d'orateur lui valurent de parcourir durant un an les États-Unis lui permettant ainsi d'améliorer l'esthétisme qu'il s'était façonné. Pour lui il y avait deux mondes : le réel et celui de l'art, le seul dont il est nécessaire de parler afin de lui donner vie. Provocateur jusque dans son accoutrement, il décida ensuite de s'établir à Paris où il rédigea *La Duchesse de Padoue*. Il termina également *Vera ou les Nihilistes* et avant de retourner à Londres, il fit la connaissance de Victor Hugo, des frères Goncourt et de Verlaine. Pendant deux ans il fut le rédacteur en chef d'une revue féministe et c'est à cette période qu'il publia des contes merveilleux et fantastiques comme « Le Prince heureux » ou « Le Pêcheur et son âme ». Ses histoires, il les avait généralement racontées à des amis avant de les coucher sur le papier et ceci dès Oxford. Il continua dans les salons de Londres et il s'agissait alors d'un véritable récital. Ses lectures transparaissaient parfois, celles d'Andersen, de Flaubert, d'Adelbert von Chamisso ou encore de Mérimée, de Gautier et surtout de Stevenson. Ce sont encore des nouvelles que le lecteur put apprécier dans *Le Crime de lord Arthur Savile et autres histoires* avec en particulier l'humoristique « Spectre des Canterville » avant de pénétrer dans l'unique roman d'Oscar Wilde, *Le Portrait de Dorian Gray* (1891). Cette œuvre livre une esthétique décadente qui choqua la puritaine Angleterre. Les comédies qu'il rédigea ensuite furent en revanche appréciées du public et de la critique. De retour à Paris, il fréquenta cette fois des auteurs tels que André Gide, Pierre Louÿs, Stéphane Mallarmé, Jean Lorrain et Marcel Schwob. Son existence fut cependant assombrie par un séjour de deux ans en prison. La société victorienne avait condamné son homosexualité. S'il écrivit encore durant cette période, il en ressortit brisé et ruiné. Il finit ses jours en France.

Librio

271

Achevé d'imprimer en Italie par Grafica Veneta
en août 2013 pour le compte de E.J.L.
87, quai Panhard-et-Levassor, 75013 Paris
EAN 9782290334706

1er dépôt légal dans la collection : janvier 1999

Diffusion France et étranger : Flammarion